호르몬 체인지

최정화 소설

은행나무

차례

호르몬 체인지

N°
18

문학에서 발견하는
무한한 좌표들,
은행나무 시리즈 N°

한나

거리는 온통 젊은 사람 천지다. 정확하게 말하면 '젊은' 사람이 아니라 '젊어진' 사람들이다. 누군가 반백의 머리칼을 휘날리며 걸어가면 사람들은 수군거리며 손가락질을 했다.

"노인이야. 요즘 세상에 스토핑 안 한 사람 있다는 얘기 들었지만 진짜 노인 얼굴을 본 건 이번이 처음이야."

"징그러워. 물에 불은 시체가 떠올라서 구역질이 날 것 같아. 껌처럼 들러붙은 검버섯은 대체 뭐람. 제대로 걷는 것도 어려워 보이는데 왜 기분 나쁘게 밖에 나와서 돌아다니는 거야?"

비아냥거리는 소리를 못 들은 척하고 지나가는 일엔 어느새 무덤덤해졌다. 정작 견디기 어려운 건 수술을 받은 친구들이 이십대로 돌아가는 바람에 혼자가 되고 만 외로움이었다. 인간은 이제 노화가 무엇인지 모른다. 하얗게 바랜 머리카락, 깊게 파인 주름, 드문드문 검버섯이 올라온 피부, 굽은 등허리 같은 것들을 본 적이 없다. 만약 노인이 길거리를 지나다닌다면 동물원 우리를 탈출한 원숭이와 다름없는 볼거리가 될 것이다. 수술을 받지 못한 노인들은 선글라스를 쓰거나 모자를 깊이 눌러쓰고 최대한 얼굴을 가린 채 해가 지고 난 뒤 돌아다니는 쪽을 택했다. 사람들의 혐오스런 눈빛을 견딜 자신이 없는 것이다. 다들 젊음을 유지하는 데 혈안이 되어 실은 죽기 전에 모두 노인이 될 필요가 있다는 사실을 잊은 셈이다.

노인이 되는 게 두렵거나 싫은 게 아니었다. 다만 함께 나이 들어갈 친구가 필요했다. 육신이 쇠락하는 것을 순순히 받아들이고 다음 세대에게 자리를 넘겨줄 준비를 하며, 불시에 닥쳐올 죽음을 함께할 누군가를 소망했을 뿐이다. 하지만 내 친구들 중 그 누구도 더 이상 늙지 않았다. 그들은 피부가 처지기 시작한 즉시 수술을 예약했고 젊어진 몸으로 병원을 나와 기존에 알던 사람들과 연락을 두절했다.

나는 혼자서 폐경을 맞고 머리가 백발이 되는 것을 보았다. 얼굴이 탄력을 잃어가며 서서히 내려앉고 관절통과 함께 무릎이 벌어지는 일에 침착하게 대처했다. 나는 신체가 늙어가는 걸 자연이 준 유예기간쯤으로 여기고 있었다. 대단한 욕심을 부릴 것 없이 마지막을 준비할 수 있다면 그걸로 족했다. 이제 떠날 때가 되었으니 슬슬 죽음을 준비하라는 계시 같은 것 말이다.

얼마 지나지 않아 떠난다는 마음으로 맞이하는 하루하루는 얼마나 소중하고 아름다운가. 나는 노인의 마음이 신의 시선을 닮았다고 생각했다. 내가 사라지고 난 이후에도 내 아이들이 자신의 삶을 흔들림 없이 유지할 수 있도록 조금씩 자리를 비워주는 일은 정신적으로 성숙한 인간만이 해낼 수 있는 고상한 경험이다. 하지만 아무도 노년의 의미엔 관심을 갖지 않는 것 같았다. 사람들은 그저 계속해서 살고 싶어 했고, 그것도 젊은 신체를 유지한 채 그래야만 한다고 생각했다.

친구들은 호르몬 체인지 수술을 받고 생물학적 나이를 되돌린 뒤 이름을 바꿨다. 그다음에는 이사를 갔고, 가족이나 친구들과 일체의 연락을 끊었다. 그렇게 새 삶을 시작했다. 나는 젊어지고 싶은 생각이 꿈에도 없었지만 모두가 노인을 혐오하는 시대에 혼자서 그 짐을 감당할 순 없었다. 마찬가지로 친구 하나 없는 외로운 사람으로 세상을 살아갈 용기 또한 없었다. 멸시의 눈초리, 제대로 된 대화를 하루에 한 번 나누기도 어려운 끝없는 침묵을 더 이상 견디지 못하고 2045년 1월에 백기를 들었다. 나는 지금 호르몬 리버스 병원의 A병동 입원실 17호 침대에 누워 2주 뒤에 예약되어 있는 호르몬 체인징 수술을 기다리는 중이다.

'호르몬 리버스'는 호르몬 수술 전문 병원이다. 이곳에 입원해 있는 환자들은 모두 나와 비슷한 상황에 놓여 있는 노인이다. 나이는 일흔 살에서 백 살까지 다양했는데, 서로 간 모종의 동질감을 느끼고 있는 건 어떤 이유에서든 노년기의 성찰을 포기하고 무모하리만큼 활기찬 젊음으로 되돌아갈 작정을 단단히 한 사람들이었기 때문이리라. 우리가 호르몬 리버스에서 하는 일이란 딱히 없다. 그저 기다리고 있을 뿐이다. 저물어가는 신체를 불쌍히 여겨 젊음을 나눠줄 미래 세대를 말이다.

병원에서는 그들을 '셀러'라고 부른다. 자신의 호르몬을 제공할 젊은 셀러가 나타나면 입원한 환자들을 대상으로 호르몬 테스트가 진행된다. 자신의 신체에 딱 맞는 타인의 호르몬을 찾는 일이란 불가능하기 때문에, 150여 개의 검사를 거쳐 바이러스 감염과 기타 질환 발병, 알레르기 등을 일으킬 확률이 가장 낮은 환자가 호르몬을 주입받게 된다. 병원에서는 그 환자를 '바이어'라고 부른다. 한 사람의 '셀러'가 나타나면 한 사람의 '바이어'가 탄생하는 셈이다.

셀러와 바이어는 블라인드 미팅을 통해 서로를 탐색할 짧은 시간을 허가받는다. 정확하게 말하자면 셀러는 바이어를 볼 수 없고, 바이어만이 셀러를 볼 수 있는 비대칭적 관계다. 미팅이 진행될 때에는 병원 측 봉사자가 동행해 두 사람이 서로 연락처를 주고받거나 얼굴을 마주하는 일이 없는지 감시한다. 이 매칭 과정에서 계약의 구체적 내용이 오간다. 때로는 바이어가 셀러의 사생활을 문제 삼는 경우도 있고(셀러의 사생활은 바이어의 건강에 중대한 영향을 미치기 때문이다), 셀러가 제시한 생활비를 바이어 쪽에서 지불하지 못하는 경우도 발생한다. 어느 한쪽이든 마음이 내키지 않는 경우에는 2순위로 예약된 바이어가 다시 셀러와 매칭된다. 매칭이 순조롭게 성사되면 바이어는 즉시 셀러의 계좌에 약속된 금액을 입금한다.

이후 셀러와 바이어는 사적인 접촉을 일절 하지 않는다는 규칙을 지켜야 한다. 두 사람이 병원 측의 허락 없이 직접 만날 수 없다는 뜻이다. 대신에 바이어는 호르몬 리버스 병원 홈페이지에 접속하면 언제든지 셀러의 일상을 관찰할 수 있다. 셀러의 일상을 확인하는 일은 매우 중요한데, 셀러의 건강 상태나 생활 방식이 바이어의 생명에 직접적인 영향을 미치기 때문이다. 셀러가 병들거나 죽는 순간, 바이어는 더 이상 젊음은커녕 삶조차 지속할 수 없게 되니까. 바이어는 셀러의 삶을 나누어 받는 셈이나 마찬가지다.

호르몬은 신체의 활동과 정서, 신경계를 두루 조절하는 중대한 역할을 담당한다. 때문에 바이어는 셀러에게서 나이를 되돌려 받을 뿐만 아니라 셀러의 생각과 느낌, 성격과 가치관, 선택과 행동 방식에도 상당한 영향을 받는다. 셀러와 바이어의 매칭은 결혼만큼이나, 아니 그 이상으로 중대한 인생의 대사건이다. 호르몬 체인징은 자기 자신을 다시 선택하는 일이다.

다만 셀러들이 대개 돈을 벌기 위해서 병원을 찾는다는 게 문제였다. 가난한 사람들의 인생을 폄하하려는 뜻은 없지만, 돈을 벌기 위해 호르몬을 파는 이들은 대부분 스스로 일을 해서 먹고살 능력이 없는 무능한 사람들이었다. 물론 그들 중에는 간혹 운이 나쁜 경우도 있었다. 몇 차례의 입사 시험에서 탈락의 고배를 마신 뒤 다음 시험을 준비할 때까지의 생활비를 벌어야 하는, 단기적으로 급전이 필요한 사람들도 있었지만, 인생을 꾸려나갈 의지가 부족하거나 빚을 갚지 못해 도망다니다 더 이상 갈 데가 없어 병원으로 도망쳐 들어오는 사람도 있었다. 수술 이후에야 중병에 걸린 것이 밝혀져 바이어가 셀러와 함께 장례를 치르는 경우도 있었으니, 바이어의 인생은 전적으로 셀러에게 달려 있다고 해도 과언이 아니다.

셀러가 나타나 바이어가 매칭 테스트를 받는 데만도 한 달 이상이 걸린다. 병실에 갇혀 아무도 만나지 못한 채 신체 트레이닝과 호흡 명상, 다른 환자들과의 대화로 소일하며 지내는 데도 인내심이 필요하다.

내 경우에는 어찌된 일인지 셀러 매칭이 자주 이루어졌다. 병원에 입원해 있는 내내 수술 가능 신체로 여러 번 발탁된 덕에 자주 셀러의 일상 동영상을 보면서 시간을 때웠다. 그러다가 여섯 번째 매칭 때 운명의 셀러를 만나게 되었다.

셀러는 20세 여성이었다. 그건 내가 스무 살로 돌아간다는 뜻이었다. 원래 내가 신청한 연령대는 40~50세 사이였는데, 젊어지는 것을 적극적으로 원했다기보다는 그저 노인이라는 비난을 피하기 위해 수술을 마음먹은 경우였기 때문이다. 그런데 스무 살이라니. 스무 살의 감성, 스무 살의 고민, 스무 살의 꿈이라니 말도 안 돼! 내가 진짜 스무 살이었을 때의 기억조차 가물가물했다.

스무 살에 나는 첫 직장을 다니고 있었다. 여덟 살에

서 열두 살 가량의 아이들에게 과학을 가르치는 소규모 교육단체의 교구제작팀에서 근무했다. 학습 목표와 활동 내용이 적혀 있는 보드판, 찬성 측과 반대 측으로 나뉘어 토론 근거를 나열해놓은 표, 다양한 광물의 사진이 붙어 있고 서너 개의 성질이 정리된 학습 자료를 만들었다. 거래처인 문구용품점에서 준비물을 주문하고 자료를 설계한 뒤 자르고 붙이면 금세 하루가 지나갔다.

퇴근한 뒤에는 베이킹 학원에 다녔는데, 직장을 바꿔보고 싶다는 생각 때문이었다. 이 소박한 계획은 차근차근 진행되었고, 그런 식으로 10년이 지난 뒤 교구제작팀에서 퇴사해 작은 베이커리를 운영하게 되었다. 그작은 가게의 주인이 되었을 때 내 나이는 이미 중년을 바라보고 있었다. 다른 친구들이 젊은 날에 누리는 경험을 모두 포기한 채 이삼십대가 지나버렸다. 가슴 설레는 연애라거나 절친한 친구와의 잡담, 밤늦은 시간에 보는 영화, 여름과 겨울에 떠나는 힐링 여행 같은 것을 모두 사양하고 오로지 일에 매달린 결과였다.

그래서 내게는 스무 살과 관련한 기억다운 기억이 없다. 사무실 에어컨이 자꾸 고장 나는 바람에 자주 수리

기사를 불러야 했던 것, 베이킹 학원의 목재 창문에 개미 떼가 들끓었던 것(베이킹에는 어마어마한 양의 설탕이 들어가기 때문에 당류를 좋아하는 개미들에게는 천국인 셈이었다)처럼 사소하고 일상적인 몇몇 장면들만 생각났다. 내 젊은 날은 나 자신만의 기억이라고 이름 붙이기 곤란할 정도의 평범한 기억들로 이루어져 있었다. 대개는 편의점에서 가벼운 식사로 끼니를 때웠고, 날씨는 스마트폰 '오늘의 날씨' 링크에서 확인했다. 창문을 열고 바깥 풍경에 잠시 눈을 돌리거나 걷다가 멈춰 서서 고개를 들고 하늘을 쳐다보는 순간 같은 게 없었다.

다시 경험하게 될 스무 살을 상상하는 일은 나를 들뜨게 했다. 그러나 입가에 미소가 번질 때마다 스스로가 탐욕스러운 괴물처럼 느껴지는 것 또한 사실이었다. 이번에는 거리를 지나가는 행인이 아니라 나 자신이 나를 비웃고 손가락질했다. 스무 살은 일흔의 내가 되돌아가기에는 너무 어렸다. 나는 그 나이의 감성을 도저히 상상할 수 없었고, 상상할 수 없는 것을 가지려 한다는 것 자체가 어쩐지 불경스럽게 느껴졌다. 젊은 육체를 상상하는 일은 그다지 어렵지 않았지만 거울을 보면

흘러내리는 목 위에 주름투성이 얼굴이 붙어 있었다. 허옇게 센 머리카락과 검버섯과 주름으로 뒤덮여 있는 거친 피부를 바라볼 때마다 한숨이 나왔다. 늙은 나는 젊은 나를 기다리면서 자신의 현재를 점점 더 미워하게 되었고, 더 이상 거울을 보지 않겠다고 마음먹었을 때 거짓말처럼 셀러인 잔디가 나타났다.

이미 말했다시피 바이어는 셀러에 대해서 거의 모든 것을 알게 된다. 다만 셀러의 이름만은 가명으로 알려주는데, 사실 바이어가 마음을 먹는다면 이것도 알아내기 어려운 일은 아니다. 하지만 잔디의 진짜 이름 같은 게 궁금할 리 없었다. 나는 잔디가 내 건강을 해치는 일을 하지는 않는지 확인하기 위해 그의 일상을 훔쳐볼 뿐이었다. 내게는 셀러의 24시간에 대해서 알 권리가 있다. 잔디가 병에 걸리거나 마약에 손을 댄다면 내 생명과 건강에 지장이 생기기 때문이다. 말하자면 나는 잔디의 육체에 관한 일을 알아야 했을 뿐, 잔디의 영혼에 어떤 일이 일어나는지에 대해서는 전혀 관심이 없었다.

내가 잔디의 일상을 훔쳐보게 된 사연은 그와 같다.

그저 내 권리였다. 잔디가 새벽까지 온라인 게임에 열중하다가 정오가 훨씬 지난 시간에 일어나 다시 인터넷에 접속해 가상의 연인과 섹스하는 장면을 지켜보며, 나는 그가 내가 생각했던 것보다 훨씬 더 수준 낮은 인간이라는 점이 불만스러웠다. 잔디를 훔쳐볼 때마다 내 삶의 모태가 될 인물이 좀 더 세련되고 고상한 일상을 보여줄 가능성은 없는 건가, 하고 한탄했다. 내 건강에 적신호가 될 만한 사건을 발견하기만 한다면 언제든지 병원 관리자를 통해 이의를 제기할 수 있었지만, 삶의 형태가 바이어의 마음에 차지 않는다는 이유로 셀러를 바꿀 수 있다는 항목은 계약서에 없었다.

하루는 잔디가 이불을 뒤집어쓴 채 울다가 침대에서 그대로 잠들었다. 잔디에게 무슨 일이 있었던 걸까? 잔디가 진짜 사람을 만나는 걸 본 적이 없다. 잔디가 울 만한 이유가 뭔지 짐작하기란 불가능했다. 가상 데이트 상대에게 차인 건가? 아니면 게임 중독으로 정서적인 컨트롤이 안 되는 상황인가? 잔디는 퉁퉁 부은 눈을 하고 이불 속에서 나와 화장실에서 또다시 소리 내어 울었다. 그 모습을 훔쳐보려니, 내가 대체 무슨 짓을 하고

있는 걸까 싶었다. 나에게 허락된 이 권리가 부당한 것
으로 느껴졌다.

　그때 나는 처음으로 잔디를 한 인간으로 여겼던 것
같다. 잔디에게 아무도 보지 않는 곳에서 눈물 흘릴 자
유가 있다는 생각이 들었으니까. 말도 안 되는 일들이
사방에서 넘쳐나고 있었지만, 잔디뿐만 아니라 모든 사
람들에게 적어도 그 정도의 자유는 허락되어야 하는 게
아닌가 싶었다. 그건 어쩌면 나 자신을 향한 감정이었
을지도 모른다. 나는 좀처럼 우는 일이 없었기 때문이
다. 아니, 내 기억을 통틀어 한 번도 울지 않았다. 나 자
신에게 내가 우는 모습을 보여주고 싶지 않았다. 나는
잔디가 우는 모습을 훔쳐보면서, 내게 생명의 일부를
나눠준 것 못지않게 큰 고마움을 느꼈다. 덕분에 내가
우는 모습을 상상할 수 있었다. 그것만으로도 몹시 홀
가분한 기분이 들었다.

　나는 몇 가지 의문을 풀지 못한 채 수술대에 올랐다.
수술은 일주일이라는 긴 시간 동안 진행되었고, 드물지
만 깨어나지 못하는 경우도 있다고 했다. 셀러와 바이
어 모두 목숨을 건 수술이었다.

이런저런 상념에 잠기기 시작하면 날을 새게 될까봐 수술 전날에는 일찌감치 수면제를 먹고 침대에 누웠다. 복용량이 많았는지 수술 당일 수면 상태에서 완전히 깨어나지 못했고, 의사와 간호사의 지시만 겨우 알아듣고 움직일 수 있는 정도의 의식만 있었다. 그렇게 대기실에 누운 채 내 70세의 마지막 날을 맞았다. 나도 내 친구들처럼 이름을 바꾸게 될 거였다. 친구들에게 연락하지 않게 될 거고, 어느 날 말도 없이 가족을 떠나게 될 거였다. 오늘은 하나의 임종일이다. 나는 기꺼이 그 임종을 맞았다.

나는 나이가 드는 게 왜 나쁜 일인지 수술 직전까지도 이해하지 못했다. 단지 노인이라는 이유로 멸시와 조롱을 받는 것은 부당하다. 나이가 들면 젊은 시절에는 납득하지 못했거나 감정적으로 굴었던 많은 일들에 대해 너그러운 이해심을 갖추게 된다.

신체 노화란 분명 불편한 일이기는 하다. 몸을 움직이는 게 신통치 않고, 면역력이 떨어지고, 신경통을 비롯한 몇 가지 작은 고질병들을 내내 달고 살게 된다. 조금만 속도를 내어 걸어도 금방 숨이 찬다. 관절이 쑤셔 잠에 들지 못하고 뒤치락거리는 것도 즐거운 일이 아님은 분명하다. 하지만 좀처럼 화나는 일 없이 평온한 마음을 갖게 된다는 것만으로도 노년의 삶은 충분히 즐길 만했다.

반면 스무 살로 돌아간다는 건 정신적 측면에서 매우 끔찍한 일이다. 스무 살의 나는 늘 불만투성이였기 때문이다. 지금에 비하면 모든 면에서 더 나은 것을 가지고 있었지만 도저히 내 상황에 만족할 수 없었다. 수술을 앞둔 내가 바라는 건, 스무 살로 되돌아간 내가 그 불만투성이의 삶을 반복하지 않는 것 정도였다.

다시 되돌아갈 스무 살의 삶이 전적으로 타인에게 달려 있다는 게 가장 마음에 걸렸다. 어쩌면 지난 내 스무 살보다 더 곤란한 일들이 닥쳐올지도 모른다. 하지만 이미 계약서에 도장을 찍은 뒤였고, 수술은 당장 5분 후에 시작된다. 결정을 번복하기에는 너무 늦었다.

의사가 내게 컨디션이 어떤지 물었다. 나는 나쁘지 않다고 대답했다. 물론 그 순간에도 이게 과연 옳은 선택인가에 대해서 확신할 수는 없었다. 그 순간에라도 누군가에게 솔직한 심정을 털어놓을 수 있었다면 얼마나 좋았을까? 나는 노인들이 왜 젊어져야 하는지 묻고 싶었다. 또 저기 수술실 침대에 누운 젊은이가 왜 자기 건강을 해쳐야만 생존이 가능한 건지도 알고 싶었다. 우리는 왜 늙어서는 안 될까? 길거리에 늙은이들이 돌아다니도록 왜 그냥 놔두지 않는가? 피부가 늘어지는 게 흉하다면 아기에게 근육이 없는 것 또한 괴이해 보여야 마땅한 일이 아닐까? 전염되지도 않는 검버섯을 누구를 위해 제거해야 하느냔 말이다. 나는 그렇게 소리치고 싶었지만 그래봤자 미치광이 취급만 받을 뿐이라는 것 또한 잘 알고 있었다.

마취제가 온몸에 퍼지자 눈앞이 뿌옇다. 다시 깨어나고 싶지 않을 정도로 기분이 좋았다. 긴장감이 일렁였다. 웃음이 터질 것 같기도, 울 것 같기도 했다.

"이제 수술을 시작하겠습니다. 두 눈을 감고 깊은 잠 속으로 빠져듭니다."

철썩, 하는 소리와 함께 깊은 물속의 밑바닥 같은 곳으로 가라앉았다. 중요한 일을 신중히 결정하지 않은 채 떠밀리듯 수술실로 끌려들어왔다는 자책감이 명치를 내리쳤다. 미친 듯이 잠이 쏟아지기 시작했고 동시에 잘못된 결정을 내렸다는 자각이 일어났다. 선택을 번복해야 했다. 하지만 잘못은 이미 시작된 뒤였다. 나는 잠이 든 채로 인생에서 가장 커다란 실수를 저지른 셈이었다.

다시 눈을 떴을 때는 일주일이 지나 있었다. 몸이 한결 가뿐했고, 기분도 상쾌했다. 안개가 낀 듯 침침하던 시야가 맑게 개이고 뱃속에서 뜨거운 기운이 일렁였다. 뭐라고 이름 붙이기 어려운 욕망이 온몸에서 꿈틀거렸다. 아주 오랫동안 잊고 있던 감정이었다. 다시 만난 그 감정이 반가웠는지는 모르겠다. 그 욕망의 정체에 대해 판단할 만한 거리감이 없었기 때문이다. 나는 다시 욕망 속에서 살게 되었으니까.

수술은 성공적이었다. 그러나 거울을 마주 볼 자신이 없었다. 고개를 숙여 젊고 탄력 있는 피부를 확인했다. 이게 내 몸이라는데도 도저히 쳐다볼 수 없었다. 만지는 것조차 두려웠다.

"잔디는 어떤가요?"

나는 담당 간호사에게 물었다.

"다행히 생명에는 아무 지장이 없어요. 당분간은 외출이 어려울 거예요. 한동안 병동에서 지내야 하겠지만, 곧 회복할 겁니다."

생명에 지장이 없다는 건 무슨 뜻일까? 잔디가 진짜 괜찮다는 건지, 위험하다는 건지 분간하기 어려웠다. 나는 당장 셀러의 일상 확인 네트워크에 접속했다. 잔디는 중환자실에 누워 있었다. 아직 깨어나지 못한 것 같았다. 산소마스크에 호흡을 의존한 채 눈조차 뜨지 못하고 있었다. 잔디의 얼굴은 완전히 탄력을 잃고 하얗게 질려 있었다. 잔디를 그렇게 만든 것이 나 자신이라는 것을 생각하자 몸서리가 쳐졌다.

내가 대체 무슨 짓을 벌인 거지?

병실에서는 모두 나를 부러워했다. 셀러를 찾지 못한 신청자들에게 나는 롤모델과도 같았다. 복잡한 심정을 털어놓는다고 해도 아무도 믿지 않을 것이다. 복에 겨운 투정쯤으로 여기겠지. 벌써 예전에 결정한 일이잖아. 젊음을 되돌려 받았으니 이제는 고귀한 정신까지 챙기겠다는 거야? 육체적 젊음을 얻었으니 이제 내적인 고뇌까지 짊어져야 멋이 날 것 같아? 누군가 나를 향해 그렇게 질책할 것 같았다. 입을 꾹 다문 채 즐거운 척 연기하는 것 정도는 내 선택에 대한 책임으로 여기고 견뎌야 하는 걸까?

밤이 되어서야 나는 용기를 내어 거울 앞에 섰다. 대낮의 환한 빛 아래에서는 아무래도 얼굴을 확인할 용기가 나지 않았다. 거울 옆에 작은 손전등을 켜두고 조용히 눈을 떴을 때, 나는 50년 전의 내 얼굴을 발견할 수 있었다.

그건 분명 내 얼굴이었다. 수술 후 내내 두려워했던 것과는 달리, 나는 마냥 기쁨에 젖은 채 한동안 거울에서 눈을 떼지 못했다. 만족스러웠다. 기쁘고 행복했다. 나는 충분히 젊고 아름다웠다. 커다란 눈이 총명하게 빛났고 피부는 맑고 싱그러웠으며 붉은 입술은 잔주름 하나 없이 매끄러웠다. 마음껏 내 얼굴을 들여다보았다. 오랫동안 헤어졌던 연인의 얼굴이라도 보듯 넋을 놓고 빠져들었다. 그 순간만큼은 잔디에 대한 걱정도, 돈을 주고 젊음을 샀다는 자책도, 인간으로서 해서는 안 되는 일을 저질렀다는 윤리적 부담도 온데간데없이 사라졌다.

잔디

나는 지상에서 가장 느리게 걷는 자다. 내가 느린 이유는 가난해서 가진 것이 없기 때문이고, 이동수단을 소유할 능력이 되지 않아서다. 부자들이 자가비행장치를 타고 H.S.X.(초고속 이동통로)를 통해 전 세계 곳곳으로 이동할 때 나는 묵묵히 고개를 숙인 채 걷는다.

부자들은 유용한 일을 하는 데 더 많은 시간을 보낸다. 그들은 더 많은 시간을 가질 수 있고, 결과적으로 더 많은 돈을 가지게 된다. 반면 가난한 사람들은 이동하는 데 더 많은 시간을 보내느라 일하는 시간이 적어지고, 그래서 더 적게 번다. 자가비행장치 같은 것은 빌려 타본 적도 없이 온갖 오염물질들을 헤치며 앞으로 전진한다.

나는 강변마을 5번지에서 쓰레기 수거하는 일을 했다. 강변마을 5번지는 부자 동네다. 나는 그들이 버린 쓰레기를 선별장으로 옮기면서 약간의 생활비를 벌고 있다. 모자라는 부분은 선별장에서 받지 않는 폐기물을 수리해 판매한 돈으로 충당했다. 실은 그쪽이 더 쏠쏠했다.

집에 있는 대부분의 가구들은 버려진 물건을 가져와 수리한 것들이었다. 다리 하나가 없거나, 서랍이 빠져 있거나, 경첩이 부서진 것들이었지만 재료가 훌륭하다는 점만은 매우 마음에 들었다. 나는 손재주가 좋은 편이어서 망치와 못, 사포, 페인트 같은 수리용 공구들을 동원해 폐기물을 새 가구로 변신시킬 수 있었다. 스스로의 재능에 감탄하면서 내가 주워온 것들로 만족하며 지냈다.

가끔 내 삶은 왜 이토록 낡고 누추한 것들로 이루어

겼는지 한탄스러울 때도 있었다. 비가 와 쓰레기를 수거하는 일이 힘에 부치는 날 특히 그랬다. 봉투에 욱여넣은 시곗바늘이 봉지를 뚫고 나오면서 포대에 담은 것들이 죄다 바닥에 쏟아졌을 때 내 인내심은 한계에 도달했다. 그것들을 다시 주워 모아야 했지만 어쩐지 그러기가 싫었다. 이렇게 일해서 받는 돈으로 하루에 한 끼도 제대로 챙겨 먹지 못한다는 데 생각이 미치자 내 인생이 보잘것없고 초라하게 느껴졌고, 세상에서 유독 나만 운이 없는 것 같았다. 어떤 방식으로든 그 생활을 청산하고 싶었다.

　몇 주 전 선별장에서 만난 다른 수거원에게서 받은 명함을 주머니에서 꺼냈다. 그는 내게 "이까짓 일로 입에 겨우 풀칠이나 하면서 감사해하는 것도 이제 지긋지긋하지 않아? 자존심 하나 버리면 우리도 넉넉하게 살 수 있다고"라고 했다. 그는 그다음 주부터 선별장에 나타나지 않았고, 다른 이들 말로는 호르몬을 팔아 더 이상 쓰레기 줍는 일을 할 필요가 없어진 거라고 했다. 그가 죽었다는 소문도 있었다. 호르몬을 팔고 난 뒤 돈을 많이 받긴 했는데, 건강이 급속도로 악화되었다는 것이다. 팔자에 없는 돈을 받아 생긴 악운이라고 동료들은 수군댔다.

그가 넘겨준 검은색 명함에는 전화번호와 함께 '호르몬 셀러를 구합니다'라는 금색 문구가 박혀 있었다. 이런 종류의 수술들은 10년 전부터 유행하기 시작해서 이제는 일상화된, 노화를 막는 수술이었다. 학교에 다닐 때 이미 수술을 결정하는 친구들도 있었다. 대개 집이 부유하고, 기초학교를 졸업한 뒤 진학할 본학교가 이미 정해져 있고, 성인이 되어서 어떤 일을 할지 자기 마음대로 결정할 수 있는 친구들이었다. 그 애들의 최대 이슈는 몇 살까지만 성장할 것인지였다. 선호하는 최종 나이는 주로 서른이었다. 서른은 노화가 시작되는 나이이기 때문이다.

나는 호르몬 체인징을 우습게 여겼다. 모든 생명은 노화라는 과정을 거쳐야 자연으로 다시 돌아갈 수 있다고 믿었기 때문이다. 하지만 사람들은 더 이상 자연으로 돌아가고 싶어 하지 않았다. 노화를 멈추고 계속해서 살아가는 쪽을 선택했다. 죽지 않고 산다니! 나는 도리질을 칠 수밖에 없었다. 정말이지 부자들은 삶에 대해서, 생명에 대해서 아무것도 모르는 철부지다. 나는 부처의 말대로 삶이 고통이라고 알고 살아왔는데, 그건 선별장에서 만난 사람들에게만 통하는 이야기인가보지?

더 우스운 사실은 누군가 더 살고 싶어 한다는 것, 그것도 젊은 나이로 되돌아간 채로 생명을 유지하고 싶어 한다는 것 덕분에, 내가 현실로부터 가장 벗어나고 싶었던 순간에 쓰레기 수거인이라는 직업을 버릴 수 있었다는 점이다. 나는 그렇게 호르몬 리버스 병원의 셀러 11267호가 되었다.

메신저인 윤석진을 시내의 한 식당에서 만났다. 그는 내가 꽤 오랫동안 제대로 된 식사를 하지 못했다는 걸 알고 있었는지 고급 음식점에 데려가 양껏 먹였다. 배불리 먹고 난 뒤에야 내 몰골이 옆 테이블 사람들과 꽤나 다르다는 사실을 깨달았다. 접시 안에 담긴 음식에만 시선이 꽂혀 있다가 고개를 들자, 마주 앉아 있는 윤석진의 얼굴이 전과 달리 보였다. 까다롭고 딱딱하게 느껴졌던 인상이 섬세하고 샤프한, 긍정적인 느낌으로 바뀌어 있었다. 허기를 채우자 여유가 생긴 모양이었다. 그가 내 인생을 바꿔줄 은인처럼 느껴졌다. 이제 하루하루 연명하는 것으로 만족하는 삶과는 작별이었다. 윤석진과 마주 앉아 있는 지금이 새로운 인생의 시작이었다. 나는 이 순간을 충분히 즐기고 싶어졌다.

"인생이 고苦라는 건 가난한 이들의 자기위로에 불과했어요."

"이제야 잔디가 바이어들을 이해했구나."

윤석진이 고개를 끄덕이며 말했다.

"그들이 대단한 욕심을 부리는 게 아니야. 잔디가 과거의 삶에서 벗어나고 싶듯이, 그 사람들도 마찬가지일 뿐. 잔디에게는 그 사람들을 도와줄 능력이 있고."

윤석진의 설명 방식이 마음에 들었다. 바이어가 나를 돕는 게 아니라 내가 그들을 돕는다는 것 말이다. 태어나서 처음으로 뻐기는 마음이 뭔지 알게 되었다. 즐거웠다. 나는 배를 더 내밀고 가슴을 더 추어올렸다. 그리고 한쪽 입가를 밀어올려 내가 가장 좋아하는 배우인 유유의 흉내를 내보았다. 그녀는 감정을 표현하는 순간에 늘 신체의 한쪽만을 사용했다. '완전히 네 이야기에 빠져들 생각은 없어, 조금만 즐겨주지'라는 뉘앙스를 풍기는 다소 건방진 태도였다. 나도 태어나서 한 번 쯤은 건방져 보이고 싶었다. 윤석진이 내게 그걸 허락했다. 나는 그가 하라는 대로 뭐든 할 준비가 되어 있었다.

"셀러가 가장 먼저 해야 하는 일은 사망신고란다."

달리기를 시작하기 위해서는 선을 밟지 않은 채 왼발을 앞에 두고 두 손을 그 발 옆에 내려놓으면 된다는 걸 설명할 때처럼, 그가 아무렇지 않게 말했다.

"사망신고를 하지 않을 경우, 우리가 하는 모든 일은 위법이 되거든. 반대로 네가 사망신고만 하면 우리 일은 이 세상의 법과 도덕, 규칙과 윤리와는 아무 상관이 없는 자유와 상상의 영역으로 넘어가게 되지. 이제 너는 다른 세상에 살게 되는 거란다."

나는 턱을 한껏 치켜올린 채 고개를 끄덕였다. 준비가 다 되었다는 듯. 나는 윤석진이 계속 말하도록 턱짓을 해서 사인을 보냈다.

"법 대신 우리가 널 보호할 거야. 호르몬 리버스 병원과 너의 바이어가 말이야. 운이 좋은 경우에는 바이어가 셀러의 삶에 필요한 물질적인 조건을 전부 책임지기도 한단다. 물론 셀러는 건강을 잃게 되지. 앞으로 너는 병약한 삶을 살게 될 거야. 하지만 바이어가 널 치료해 줄 거고, 네 병원비 일체도 부담하게 될 거야. 그 부분에 대해서는 확실하게 믿어도 돼. 왜냐하면 네가 죽을 경우 바이어 역시 죽어야 하니까. 네가 아프면 바이어도 아픈 삶을 살아야 하지. 두 사람은 운명공동체고. 가족보다 더 긴밀한 사이라고. 어쩌면 부부나 연인보다도 더. 네 호르몬이 바이어에게는 목숨 줄이나 마찬가지니까 말이야. 내 말 알아듣겠니?"

윤석진이 남은 맥주를 내 잔에 마저 따르더니, 한 병더 마시겠느냐고 물었다. 그런 기회를 놓칠 이유가 없었다. 나는 포도향이 첨가된 과일맥주가 더 있느냐고 물었다. 윤석진은 청포도가 어떻겠냐고 내게 되물었고, 나는 잠시 망설이는 척하면서 괜찮다고 대답했다. 청포도 향 맥주를 맛볼 생각에 속으로는 잔뜩 신이 나 있었지만, 어쩔 수 없다는 표정을 지으면서.

"아파본 적 있어?"

"갑각류랑 견과류 알러지가 있어요. 온몸에 두드러기가 나요. 계절이 바뀔 때마다 크롤라(유행 감염병의 일종)를 심하게 앓고요."

윤석진이 웃으며 고개를 까딱거렸다.

"넌 꽤나 운이 좋구나. 나는 매년 신장 교체 수술을 받고 있단다. 연초가 되면 열 시간이 넘는 대수술을 해야 하고, 수술을 하지 못할 경우엔 더 살지 못하지. 그 돈을 벌기 위해 이 일을 하는 거야."

"아파 보이지 않는데요."

"겉으로 보이지 않는 게 훨씬 더 많아."

"건강해지시길 바라요."

그가 예상 밖의 이야기를 털어놓자 갑자기 분위기가 어색해졌다. 하지만 윤석진은 그런 기운을 감지하지 못하고 계속 주절거렸다.

"건강한 상태라는 게 대체 뭐야? 사람들이 그러잖아. 오늘은 몸이 가뿐하다고. 그게 뭐니? 난 그런 상태를 경험한 적이 한 번도 없어. 태어나자마자 투석을 받아야 했으니까. 건강하다는 건 술에 취하는 기분과 비슷한 게 아닐까 하고 짐작만 해볼 따름이지. 비슷하니? 정신이 흐릿해지면서 걱정이 사라지고 아무 생각도 없어지잖아. 피식피식 웃음이 나오고."

"정반대예요. 건강한 상태엔 정신이 아주 맑아지죠."

"쳇, 틀렸군."

나는 괜히 미안해졌다. 그냥 윤석진의 말에 동조할걸 그랬다는 생각이 들었지만, 이미 늦은 것 같았다.

"넌 지금 나를 마치 구원자 바라보듯 하는데, 나는 네가 세상에서 제일 부러워. 기록을 보니 너는 병원에 입원한 적이 단 한 번도 없더구나."

나는 실소를 터뜨렸다.

"아프지 않았던 건 아니에요. 아파도 병원에 갈 돈이 없었을 뿐이죠. 그래서 그냥 집에 누워서 지낸 거라고요. 그러다 정말 죽을 뻔한 적도 있는 걸요. 약을 구할 돈이 없어서 언제나 자연치유요법을 써야 했다고요. 자연치유를 믿기 때문이 아니라 치료비가 없었기 때문에 자연치유를 믿는 척해야 했던 거죠."

윤석진의 눈이 휘둥그레졌다.

"어쨌든 병원에 한 번도 가지 않고 살아남았다는 이야기잖아. 넌 아직 내 이야기를 이해 못했구나? 난 내일이라도 병원에 가지 못하게 되면 당장 죽는다는 이야기를 하고 있는 거야. 매일 약을 먹어야 산다고. 안 먹으면 즉시 사망이라고. 내 기분이 어떨 거 같아?"

윤석진이 자기감정에 취한 듯 보이자 미안한 마음이 순식간에 사라져버렸다. 맞서 따지고 싶은 생각조차 없었다. 그래도 그와의 대화가 끝나기를 바라지는 않았다. 윤석진이 더 떠들어주기를 내심 바라고 있었는지도 모른다. 그가 말하는 동안 스테이크를 한 점이라도 더 먹을 수 있었기 때문이다. 나는 포크를 쥔 채로 윤석진의 얼굴을 흘끗 바라보며 그를 부추겼다.

　"약을 사 먹을 수 있는 당신 처지가 부러워요."

　윤석진이 기가 차다는 듯 웃고는 말을 이었다. 나는 윤석진의 말을 귀담아듣지 않고, 윤석진은 내가 어떤 반응을 보이든 개의치 않았다. 그에게 친구가 없을 거라는 생각이 들자 좀 측은한 마음이 들긴 했다. 나 또한 그와 같이 혼잣말을 해야 할 때가 더 많았으니까. 그는 바닥의 한 지점을 내려다보면서 계속 말을 이었다.

　"난 이미 내가 죽었다는 생각이 들어. 몸은 이미 죽었는데 죽은 몸을 유예시켜 살아 있는 날을 하루하루 연장하고 있다는 생각. 난 모레를 생각하는 일이 거의 없단다. 내가 생각하는 미래는 언제나 하루의 연장일 뿐이야. 난 누군가와 사랑에 빠져본 적이 없고, 또 장기간

계획해야 하는 일을 도모해본 적도 없어. 가족들 모두 내가 이 일을 하는 걸 싫어해. 내가 좀 더 건설적인 일을 하길 바라는 거지. 당신들과 마찬가지로 가정을 꾸리고, 아이를 낳고, 그 아이를 위해서 헌신하는 삶을 살기를 말이야. 하지만 나는 모레를 도저히 상상할 수가 없다고. 상상 속 내 모레에는 내가 없거든."

나는 그의 넋두리를 들으며 합성단백질로 만든 고기를 부지런히 씹었다. 너무 맛있어서 입이 하나뿐이라는 게 아쉬울 지경이었다. 윤석진의 얘기보다 행동이 더 거슬렸다. 그가 말한 이야기의 내용보다도 그가 내게 쉬지도 않고 주절거리며 자기 삶을 연민해주었으면 하는 제스처를 취하는 게 어쩐지 마음에 걸렸다. 나도 전혀 말이 통하지 않는 누군가에게 내 이야기를 늘어놓은 적이 있었기 때문이다. 상대가 이해하지 못할 거라는 걸 알면서도 단지 그 이야길 누구에게든 꼭 해야만 했던 것이다.

윤석진도 아마 내 마음을 모르지는 않을 거다. 거기까지 생각이 미치자, 우리가 나누는 대화가 아주 끔찍한 건 아니라고 안도할 수 있었다.

재경

"난 엄마가 왜 그런 결정을 내렸는지 도통 이해할 수
가 없어. 너무 이기적인 결정 아니야? 무슨 낯으로 은
이를 볼 생각인 거야? 아니, 은이를 볼 생각이나 있긴
한 거야? 가족을 포기하려는 걸까?"

늦은 밤, 주방 식탁에 앉아 남편에게 넋두리를 늘어
놓았다. 엄마가 가족들과 일절 상의도 없이 호르몬 체
인징을 했다는 사실에 분개한 나와 달리, 남편은 그냥
개인의 선택일 뿐이라고 여기는 모양이었다.

"당신은 지금 왜 나한테 허락도 안 받고 와인을 마시

는데? 너무 이기적인 결정 아니야? 당신 정말 나랑 헤어지고 싶어서 이러는 거야? 만일 내가 지금 당신에게 이렇게 말한다면 뭐라고 대답할래?"

말도 안 되는 비유로 나를 납득시키려는 남편이 얄미웠다. 그가 호르몬 수술을 찬성한다는 걸 진작 알고는 있었지만, 그걸 와인 마시는 것에 비유할 정도로 가볍게 여긴다면 내 쪽에서도 할 말이 많다.

"당신 엄마 아니라고 그렇게 한가한 소리 하는 거 아니야. 당신 엄마가 스무 살짜리가 돼서 핫팬츠 입고 나타난다면 어떻게 할래?"

남편이 목청을 몇 번 가다듬더니 천연덕스럽게 대꾸했다.

"엄마가, 스무 살로 돌아가신 것에 대해서 전 아무 불만이 없어요. 그런데 절 만날 때만은 핫팬츠 대신 긴 바지를 입어주시면 안 될까요? 불합리한 요구라는 걸 저도 알고 있는데 아직 제가 '사람은 시간이 흐르면 늙는다'는 편견에서 벗어나지 못했나봐요. 엄마의 제모한 맨다리가 자꾸 신경 쓰여요. 이렇게 말할래. 그냥 솔직하게. 그게 사실이잖아. 당신은 단지 편견 때문에 이러고 있는 거야. 세상이 변했다고. 우린 이제 자기 나이를 선택할 수 있는 세상에 살고 있어. 장모님께도 스무 살로 돌아갈 권리가 있다고."

"엄마가 자기 딸보다, 손자보다 젊어질 권리가 있다고? 그게 이 시대의 자유라고? 말도 안 돼! 난 절대 이해 못해!"

나는 잔을 비우고 나서 한 번 더 부르르 떨었다.

엄마는 늘 이런 식이었다. 중대한 결정을 내릴 때 나와 상의하지 않았다. 이혼을 할 때도, 학교를 그만두고 식당을 차릴 때도, 이사나 여행을 갈 때도 내게 미리 양해를 구한 적이 없었다. 늘 일방적으로 통보했다. 갑작스럽게 닥친 상황에 당황하는 것은 항상 내 몫이었다.

스무 살가량의 여자가 요가원 상담실에서 기다리고 있는 것을 보고, 나는 신규 회원이 한 명 더 느는 줄로만 알았다. 거울 앞에 서서 미소를 지어 보였다. 입술에 립밤을 바른 다음 혈색이 좋아 보이려고 양 볼을 가볍게 몇 번 두드린 뒤 의자에 앉아 여자를 마주 봤을 때, 나는 비명을 지르고 싶은 것을 가까스로 참았다. 한 달 전 태국으로 여행을 떠난 엄마가 쉰 살이나 젊어져서 돌아온 게 아닌가!

"엄마야?"

여자가 고개를 끄덕였다. 나는 떨리는 손으로 신규 회원 신청서를 테이블에 겨우 올려놓았다. 숨이 가빠왔다.

"태국에 여행하러 간 게 아니라 수술받으러 갔었던 거야?"

"아니, 나 태국 안 갔어. 한국에 있었지. 호르몬 리버스에."

엄마는 뻔뻔스러운 얼굴로 어깨를 으쓱거리며 대답했다. 검은색 핫팬츠에 어깨를 훤히 드러낸 분홍색 탱크톱을 입고 있었다. 20년 전 엄마가 나에게 금지한 차림새 중 하나였다. 주름진 이마와 처진 눈꺼풀 대신 부드러운 솜털로 뒤덮인 하얀 피부의 엄마가 나를 바라보며 해사하게 웃었다. 기가 막혔다. 파스텔 블루로 염색한 머리카락은 또 뭔가.

"여긴 왜 왔어?"

내가 따지듯 묻자, 엄마는 시선을 피하며 딴청을 했다.

"등록하러 왔지. 너 매일 나한테 요가 하라고 잔소리했잖아. 이제 나 너한테 요가 배우려고."

엄마가 테이블 위에 놓인 신청서를 집어 들었다.

"이거 작성하면 되는 거야?"

나는 엄마의 손에서 신청서를 가로챘다.

"아니, 안 돼. 엄마 여기서 수업 못 받아. 나 엄마 못 가르쳐. 엄마가 스무 살이 돼서 나타났는데, 내가 어떻게 제정신으로 수업을 하겠어? 엄마 정말 미쳤어? 나한테 왜 이래? 왜 매번 이렇게 당당한 거야?"

내가 울기 직전이 된 것을 눈치채자, 그제야 엄마는 입을 다물었다. 그런 내 반응을 예상했다는 듯 담담한 표정으로 가방을 챙겨 들었다.

"요가원엔 이제 안 올게. 걱정 마라."

"집에도 오지 마."

"오지 말라면 안 갈게."

나는 울면서 소리쳤다.

"그게 어디든 다신 내 눈앞에 나타나지 마. 앞으로 영원히. 나 이제 엄마가 없다고 생각하고 살 거니까 그런 줄 알아."

"알았어. 그렇게 할게."

나는 창문을 통해 엄마가 빌딩에서 나와 가로수 길을

걷다가 버스 타는 것을 봤다. 엄마는 이제 버스를 타는 구나. 자리를 양보받아서 좋은 게 아니라 미안해서 버스를 못 타겠다더니, 양보하고 원숭이 구경하듯 힐끗거리는 시선이 부담스럽다고 불만스러워하더니, 이젠 양보하고 구경하는 사람이 없어서 괜찮은 건가? 그런 생각을 하다가 다시 어이가 없어져서 헛웃음이 나왔다.

대체 무슨 생각이지?

엄마도 젊어지고 싶었나?

호르몬 수술을 받는 친구들의 뒷담화를 내게 실컷 늘어놓을 때는 언제고?

그건 탐욕이고 자연을 거스르는 중죄라고 언성을 높여놓고는 이제 와서 대체 왜?

마음을 가라앉히기 위해 복식호흡을 하고서 남편에게 전화를 걸어 의논할 일이 있으니 일찍 퇴근하라고 해두었다. 대체 뭐라고 설명하지? 은이한테는? 은이가 할머니 보고 싶다고 하면 아까 찾아온 그 스무 살 여자애 사진을 보여줘야 하는 건가?

이게 네 할머니란다. 할머니가 갑자기 젊어졌지? 그래도 이분이 네 할머니고, 일흔 살이시란다. 이제 겉모습만 보고 사람을 판단해선 안 돼.

갑자기 머리가 복잡해졌다.

남편은 의외로 담담했다. 자기 주변에도 수술을 받은 친구들이 꽤 있다고 했다.

"아직 사십대인데?"

"사십대에 받는 수술은 스토핑이라고, 호르몬 체인징이랑은 좀 다른데 그게 더 안전하고 효과도 좋다더라고."

"그 집 애들은 어떻게 되는 거야, 그럼?"

"스토핑 수술을 받는 애들은 대개 미혼이지. 기혼인 경우에는 자기 애들보다는 당연히 나이를 올려서 설정하고. 복잡하게 생각할 거 없어. 그냥 몇 년쯤 거슬러 올라가는 거야. 쌍꺼풀 수술 같은 거라고. 예뻐 보이려고도 하고, 눈썹이 찔러도 할 수 있는 거고, 했으면 했다고 당당하게 말하는 세상이 온 거지. 호르몬 체인징이 쌍꺼풀 수술이랑 뭐가 다른데?"

나는 호르몬 체인징을 한 엄마도, 그런 엄마를 백번 이해한다는 남편도 도저히 납득할 수 없었다. 남편의

설교를 귓등으로 흘려들으며 와인을 홀짝이는 것밖에 할 수 있는 일이 없었다. 나는 핸드폰에서 엄마의 번호를 지우고 수신을 차단했다.

"난 이제 엄마 없는 사람으로 살 테니까, 당신도 장모님 잊어버려. 은이한테는 할머니 돌아가셨다고 할 거니까 당신도 그렇게 알고 있고."

남편이 대답하지 않아서 다시 한번 큰 소리로 강조했다.

"우리 엄마, 이제 죽은 사람이야."

재준

서른 살로 돌아갔다. 서른은 어딜 가도 환영받는 나이니까.

나는 '자연의 소리'라는 수면유도음향 제작회사에서 일한다. 2030년까지 제작된 영화나 방송에는 제작자가 의도하지 않은 자연의 흔적들이 기록되어 있다. 거기서 새소리나 바람 소리 같은 것만 떼어내 다시 녹음하고, 수면에 적합한 볼륨과 길이로 다듬은 뒤 수면 사이클에 맞게 리듬을 만들어내는 일이었다.

퇴근 후에는 음악 동호회 회원들과 연주회에 가는 것

을 낙으로 삼고 있었다. 직장 사람들과는 합이 잘 맞았고 동호회 회원들과도 무리 없이 어울릴 수 있었다.

그래도 가끔 옛 친구들이 생각나지 않는다고 하면 거짓말이다. 등이 굽고 눈이 침침해서 메뉴판을 읽지 못했던 친구들이 떠오르면 서른의 인생이란 허무맹랑한 겉멋에 취해 있는 무無맛으로 느껴졌다. 내 서른 살 친구들은 시시비비를 가리거나 취향 찾기에 혈안이 되어 있었다. 하지만 얼흔 즈음엔 세상살이에 정답이 없으니 너도 옳고 나도 옳다는 양시론에 끌리기 마련이었기 때문에 나는 그들에게서 자주 거리감을 느꼈다.

그날은 2020년대에서 2030년대에 출시된 시디가 꽤 많다고 알려진 음반 가게에서 새소리가 녹음된 시디를 찾던 중이었다. 〈옆모습〉이라는 영화의 OST를 찾고 있었는데 옆에 있던 스무 살 정도의 여자가 그걸 들고 살까 말까 망설이고 있었다. 시디는 한 장 남아 있는 게 전부라서, 여자가 그걸 산다면 나는 빈손으로 돌아가야 할 처지였다.

그 여자가 시디를 들고 계산대를 향해 몸을 돌리는 찰나, 나는 여자에게 말을 건넸다.

"죄송하지만, 그 시디 제게 양보해주시면 안 될까
요?"

여자가 고개를 기울인 채 나를 뚫어지게 쳐다봤다.

"일단 어떤 사정인지 들어보고 합당하다 싶으면 드릴
게요."

여자는 계산대로 가서 시디를 샀다. 그러고는 백 미
터쯤 떨어진 곳에 공원이 있으니 그리로 가서 자기를
설득할 기회를 주겠다고 했다. 우리는 아무 대화 없이
나란히 걸었다. 나는 여자가 오른쪽 어깨를 살짝 웅크
린 채 걷는 것을 봤다. 누군가 내 왼쪽에서 걸을 때 그
와 똑같은 자세로 어깨를 웅크리고 있던 것이 퍼뜩 떠
올랐다. 한나였다.

공원에 도착한 뒤 나는 일장 연설을 늘어놓았다. 당
신이 산 그 시디에는 내게 꼭 필요한 새소리가 담겨져
있고, 당신이 그걸 내게 넘기면 전국 수백만 사람들이 편
안히 잠드는 데 기여하는 셈이 될 것이다, 가 요지였다.

여자는 한숨을 쉬더니 내 이야기는 별로 마음에 들지
않지만 내 눈빛이 자신이 아는 오랜 친구의 눈빛과 몹
시 비슷하기 때문에 거절할 수 없겠다면서 내 손에 그

시디를 들려주었다. 나는 여자의 눈을 들여다봤다. 순간 나는 그 여자가 한나임을 알아볼 수 있었다. 한나를 떠올리게 한 게 아니라, 한나였다.

한나는 내가 호르몬 체인징을 하는 것이 무시무시한 욕심이라며 수술을 반대했었고, 나는 한나가 지나치게 완고하고 시대의 흐름에 도통 관심이 없는 옛날 사람이라고 느꼈다. 수술 이후 우리는 한 번도 만나지 않았다. 처음에는 각자의 사정으로 약속이 몇 차례 취소되었고, 그다음에는 먼저 만나자는 말을 선뜻 꺼내지 못했다. 만나봤자 잔소리나 듣게 될 것이 뻔하다고 생각하니 내 쪽에서 먼저 연락을 할 기분이 나지 않았다. 그렇게 한 달이 지나고 다시 여섯 달이 지난 뒤에야, 그동안 한나에게 한 번도 전화를 하지 않았다는 사실을 깨달았다. 그게 마지막이었다.

내가 네 친구라고, 불과 7개월 전까지만 해도 일주일에 한 번은 같이 옛고을 식당에서 북엇국을 먹던 강남수라고는 말하지 못했다. 나는 호르몬 체인징을 한 사실을 한나에게 말했지만, 한나는 내게 그 사실을 일러주지 않았기 때문이다.

일단 한나를 이대로 두는 것이 좋다고 생각했다. 호르몬 체인징을 한 뒤의 삶 또한 그리 녹록지 않다는 것을 나는 경험을 통해 이미 잘 알고 있었다.

처음엔 두 번째 삶의 어려움을 자각하기보다 그저 젊은 나이를 즐기는 편이 좋다고 생각했다. 비록 한나에게서 시디를 빼앗았지만, 호르몬 체인징 수술 초기에 경험할 수 있는 가벼운 즐거움만은 남겨두고 싶었다.

"〈옆모습〉, 그 영화 좋죠?"

"저는 별로. 제 친구가 좋아했어요."

"친구요?"

"강남수라고, 촌스러운 이름을 가진 제 친구가 있었는데 그 애가 그 영활 좋아했어요. 남수가 보고 싶어지면 들으려고 사려던 거예요. OST만은 아주 좋았으니까요. 어쩌면 남수가 그 영화를 좋아한 이유는 음악 때문이었는지도 몰라요. 사람들은 뭔가를 좋아하면서도 정작 본인이 왜 그걸 좋아하는지에 대해서는 잘 모르고 있는 경우가 많으니까요."

내가 그 영화를 좋아한 이유는 주인공 여배우 때문이었다. 그 배우가 나온 영화는 조연이나 카메오 출연이라고 해도 다 찾아봤을 정도니까. 하지만 한나가 나를 기억하고 있다는 것만으로도 몹시 기뻤다. 나는 맞장구를 쳤다.

"그럴 수도 있겠네요."

"그 앨범에서 제일 좋아하는 곡은 뭐예요?"

"〈봄의 얼굴〉. 센스가 좋은 곡이죠. 영화 장면이랑도 잘 어울리고. 주인공 여자랑 남자가 서로 못 보고 계단을 지나칠 때 흐르는 곡인데, 어쩐지 그게 내 인생 같기도 하고요."

한나가 피식 웃었다. 스무 살에 어울리는 앳된 미소였다. 일흔 살의 그녀를 백 번도 넘게 봤는데도, 단 한 번 본 그녀의 스무 살을 기억에 남겨두고 싶어서 그 미소를 오래도록 쳐다봤다.

"우리 전에 만난 적 있어요?"

한나가 물었다.

"아뇨."

나는 하늘을 올려다보며 딴청을 피웠다.

"흔한 얼굴이거든요, 제가. 사람들이 자주 그렇게 물어봐요. 우리 전에 어디서 만난 적 있지 않느냐고. 전

매번 처음 보는 사람인데 말이죠."

한나가 고개를 끄덕였다.

"역시 그렇구나. 알았어요. 아저씨, 저 이제 갈래요.
시디값 주세요."

나는 한나의 손 위에 지폐 두 장을 쥐여준 뒤에 대수
롭지 않다는 듯 가볍게 질문을 던졌다.

"그 영화 좋아했다던 친구, 그리워요?"

한나는 고개를 끄덕였다.

"그립지 않은 친구가 있을까요? 물론 남수랑은 아주
많이 친했죠. 우리가 헤어진 건 제가 그 친구를 이해하
지 못했기 때문이에요. 그때 난 그 애가 잘못된 길로 가
고 있다고 생각했죠. 지금은 잘 모르겠어요. 저도 그 친
구와 같은 잘못을 저질렀는걸요. 이젠 그 애를 탓할 자
격이 제겐 없어요."

그 순간 내가 바로 그 강남수라는 걸 밝히지 않은 것
이 몹시 다행이라고 느꼈다. 한나는 외로워 보였고, 그
이유는 우리가 헤어졌기 때문이라는 생각이 들었다.

"새소리 녹취하고 나면 음반 다시 돌려줄게요. 핸드
폰 번호가 뭐예요?"

한나는 잠시 망설이는 듯했다. 내가 자기 번호를 따려고 수작을 부리는 건 아닌지 의심스러운 모양이었다. 나는 되도록 순진하게 보이려고 애쓰면서 구두 끝으로 땅을 팠다. 한나가 천천히 자기 번호를 말해줬다.

"스페인어 학원에 다니는데 12시에서 5시까지는 전화를 못 받아요. 수업에 늦어서 먼저 가볼게요."

한나는 내 번호를 묻지도 않고 자리를 떴다. 내가 강남수라는 것은 전혀 눈치채지 못한 것 같았다. 그녀가 알아챌 때까지 곁에 있어줄 작정이다. 강남수면 어떻고 민재준이면 어떤가? 다시 한나와 친구가 되었다는 사실만으로 충분했다.

턱을 뻣뻣이 쳐든 맹랑하고 쌀쌀해 보이는 저 아가씨에게 오늘 밤 메시지를 한 통 보내야겠다. 우린 매일 밤마다 신세한탄을 나누던 사이가 아닌가. 10시가 되면 이불을 깔고 누운 채 한나의 메시지가 도착하기를 기다리곤 했다. 자식들 걱정이나 아픈 몸에 대해 이야기를 나누는 정도였지만 그 10시의 우정으로 나는 일흔을 버텼다. 어쩌면 우리는 또다시 서로의 두 번째 삶을 버티게 해주는 우정을 쌓게 될지도 몰랐다.

나이 차이가 열 살이나 난다고 생각하니 갑자기 머리가 복잡해졌다. 한나는 스무 살에도 10시에 메시지 받는 걸 좋아할까? 그런데 난데없이 스페인어 학원은 또 뭐람?

잔디

  잠. 또다시 잠. 잠시 깨어 수액을 맞고 다시 잠에 든다. 윤석진은 내가 호르몬을 제공하는 대가로 경제적인 궁핍에서 벗어나게 될 거라고 말했지만 그건 절반만 맞는 말이었다. 부유층이 버린 쓰레기장에서 생필품을 구하는 일을 그만두게 된 대신 나는 '낮'을 잃었다. 호르몬을 제공하는 수술을 받고 나면 2~3주간 절대 안정을 취해야 한다. 신체가 다시 회복하기 위해 활동을 중지하는 것이다.

  잠에서 깨어나 냉장고를 열자 음식들이 죄다 상해 있

었다. 나는 냉장고가 고장 난 줄 알았지만 냉장고에는 아무런 문제가 없었다. 브레이크가 걸린 건 내 생체 시계였다. 긴팔 티셔츠를 입고 밖에 나갔다가 급격히 더워진 날씨에 땀을 많이 흘렸다. 친구와의 약속에 바람을 맞고 집으로 돌아가는 길, 건널목에서 신호가 바뀌기를 기다리다 옆 사람의 통화 내용을 엿듣고서야 알았다. 자고 일어난 사이 20일이나 지나버렸다는 걸.

고열을 앓으며 끙끙댄 것이 스무 날이었다니, 죽지 않고 버틴 게 다행이라면 다행이었지만, 그런 위험한 상황을 미리 설명하지 않은 윤석진에게 화가 나서 당장 만나자고 했다.

우리는 처음 계약을 했던 시내의 가장 큰 음식점 '자이언트 앤 그레이스'에서 만났다. 그리고 그때와 마찬가지로 대여섯 가지의 분에 넘치는 음식이 내 앞에 차려졌다. 하지만 이번에 나는 단단히 화가 나 있었고, 잘 차려진 식탁은 눈에 들어오지도 않았다. 그런데도 윤석진은 바로 맥주를 주문했다. 청포도 향으로. 그는 내 취향을 정확히 기억하고 있었다. 부작용을 설명하는 일을 실수로 잊을 타입은 아니었다. 나는 호르몬 리버스 병원의 음모에 걸려든 셈이었다.

윤석진은 내가 걸려든 음모가 딱히 나쁠 것 없다고 설득하려 들었다.

"다시 깨어나지 못한 셸러들이 수두룩하다고. 잔디 넌 운이 좋은 편이란다. 기술은 이제 하루가 다르게 빠른 속도로 발전하고 있어. 아직 완성되지 않았거든. 첫 셸러는 수술 도중 사망했고 불과 1년 전만 해도 수술이 끝난 뒤에 30일 동안 누워 있어야 했지. 회복 시간이 차차 줄어들면서 깨어 있는 날이 5일로, 10일로, 15일로 늘어갔고, 그건 기적 같은 일이었어. 지금 셸러들은 축복을 받고 있는 거야. 조만간 수술이 끝난 다음 한 다섯 시간 정도 가볍게 잠을 청한 뒤에 침대에서 벌떡 일어나게 될 수도 있다니까. 내 말 믿어. 코앞의 일에 분개하지 말고 되도록 멀리 봐. 셸러가 되기 전에 네 삶이 어땠는지 벌써 잊었니? 하루 종일 쓰레기장을 뒤져서 겨우 목숨 연명하던 걸 벌써 잊었어? 그것도 죄다 누가 먹다 버린 것들이었잖아."

윤이 이전의 삶을 상기시키자 마음이 좀 누그러드는 것 같았다. 과거로 돌아가는 것만은 죽기보다 싫었다.

청포도 맥주가 담긴 잔을 단숨에 비우면서, 유리병에 남아 있던 레몬즙이나 식초를 핥아먹었던 과거를 기억해냈다. 불과 한 달 전 일이었는데 마음은 그날들로부터 이미 까마득하게 멀어져 있었다. 그 시절의 나는 누군가 버린 병에 남은 레몬즙만 발견해도 행복한 사람이었고, 행운아였고, 오늘 하루는 이것만으로도 기분 좋게 마무리할 수 있겠다면서 만족했었다. 그날의 기쁨을 기억한다. 새콤한 액체를 음미하면서 가끔씩 내게도 이런 행운이 찾아와준다는 사실에 들떴었다.

과거로 절대 돌아갈 수 없다는 사실은 내게 안도감을 주었지만, 어깨가 움츠러들 정도로 쓸쓸한 기분 또한 느꼈다. 레몬즙 하나에 울고 웃던 그 시절에 갖고 있던 무언가가 내게서 사라져버렸는데, 그게 무엇이었는지 도저히 알 수 없었다.

식당 중앙, 금속 테를 두른 커다란 전신 거울에 내 모습을 비춰 보았다. 아주 비싼 옷은 아니었지만 유행하는 슬리브리스 원피스를 입고 있었고, 옷과 같은 푸른 빛깔의 샌들과 가죽 백을 들고 있었다. 거울 속 나는 가난의 기미를 찾아볼 수 없을 정도로 화려했다. 맛있는 음식, 멋을 부린 식탁, 한 번 쓰고 갈아야 하는 흰색 테이블보와 화병에 담긴 안개꽃. 전에는 꿈도 꿔보지 못했던 일이다. 당시에 내가 바랐던 건 단지 굶지 않는 것뿐이었으니까.

굶지 않게 되었으니 나는 꿈을 이룬 셈인가? 하지만 한 달 중 스무 날이나 잠만 자야 한다는 건, 한 달 중 단 열흘만 살 수 있다는 건, 내 인생의 날짜가 줄어들었다는 뜻이었다. 그건 내가 생명을 팔았다는 뜻이기도 했다. 그래, 나는 내 삶을 팔았다! 그건 너무 직설적인 표현이어서, 거기까지 생각이 미치자 나는 무릎에 힘이 풀려서 서 있던 자리에 그대로 주저앉아 울기 시작했다.

집에 어떻게 돌아왔는지 생각이 나지 않았다. 다음날 눈을 떴을 때 윤석진이 보낸 메시지에는, 다음번에 깨어날 땐 생명과 건강에 아무런 지장이 없을 것이다, 그것만은 확실하게 보장해줄 테니 자기를 너무 원망하지는 말아달라는 내용과 함께 다음 수술 날짜와 시간이 남겨져 있었다.

멍하니 천장을 올려다보았다. 시간이 아깝다는 데 생각이 미치자 누군가를 몹시 만나고 싶었다. 내게 허락

된 열흘을 되도록 틈 없이 가득 채워야겠다 싶었다. 가슴 한가운데가 뻥 뚫린 것처럼 허전했다.

마트에 가서 먹고 싶은 것을 잔뜩 샀다. 먹을 수 있는 날도 한 달에 열흘뿐이었기 때문에 되도록 좋아하는 음식들로 배를 채우고 싶었다. 오렌지와 연어, 마카로니, 마늘, 양배추, 참깨 드레싱을 장바구니에 담았다. 맥주를 집으려다가 취해 있는 시간이 아까워서 그만뒀다. 깨어 있는 시간은 되도록 멀쩡한 정신으로 보내고 싶었으니까.

연어 스테이크와 샐러드로 저녁식사를 한 뒤 아는 사람들 모두에게 전화를 걸었고, 졸업 이후에 한 번도 만난 적 없는 초등학교 동창생과 약속을 잡았다. 전화를 받은 게 그 친구뿐이었기 때문이다. 이름과 연락처만 남겨져 있을 뿐 실은 얼굴조차 가물가물해서, 졸업생 사이트에 접속해 친구 얼굴을 확인해뒀다. 하지만 막상 나가 얼굴을 보니 내가 상상하던 그 친구가 아니었다. 누군지 전혀 기억이 나지 않았다. 하지만 아무래도 좋았다. 나는 그저 누군가와 함께 있고 싶었을 뿐이니까. 그것으로 충분했다.

다음날에는 강변을 달렸다. 하루 정도는 침대에 그냥 대자로 누워 게으른 하루를 보내는 것도 좋겠다 싶었는데, 30분 정도 뒹굴거리고 나니 시계 초침 소리가 나를 압박해왔다.

나는 계속 '시간이 없다'는 강박에 시달렸다. 집 근처 스포츠 매장으로 달려가 운동화와 러닝복을 샀다. 카드 한도는 정해져 있었지만 마음만 먹으면 하루에 10마인(mine, 미래의 화폐 단위)쯤은 쓸 수 있었다. 계산서는 물론 바이어에게 청구될 것이다.

그는 내게서 젊음을 사고 기꺼이 그 정도의 돈을 지불할 만큼 부자였다. 나는 그가 가진 부의 쪼가리를 경험하는 셈이었다. 강변을 달리고 싶다는 이유로 운동화를 사다니! 내게는 처음 있는 일이다. 뭔가를 사려면 전에는 '그게 정말 필요한가'에 대해서 스스로에게 수백 번 물어야 했다. 그 질문을 통과한 뒤에야 돈을 모으기 시작했는데, 때로는 속옷 하나를 사는 데 1년이 걸릴 때도 있었다.

그런데 그저 달리려고 운동화를 산다고? 마음 깊은 곳에서 누군가 웃었다. 그 웃음은 기쁨도 아니고 허무

함도 아니고 아무것도 아니었다. 그냥 비어 있는 데서 나는 울림이었다. 어쩌면 내가 팔아넘긴 게 호르몬뿐만이 아닐지도 모른다는 걸 어렴풋하게 깨달았다. 어찌된 일인지 감정이 느껴지지 않았던 것이다.

헉헉거리며 강변을 달렸다. 단지…… 살아 있다는 걸 느끼고 싶었다. 열흘만 허락된 삶, 얼굴조차 모르는 누군가가 대신 지불해주는 카드값. 이 일련의 일들이 나를 허깨비처럼 만들어버렸다. 나는 누군가에게 생명을 갖다 바치고 돈을 받고 있다. 그게 지금 내가 신고 있는 이 운동화의 의미다.

내가 견딜 수 없었던 건 깨어 있는 날이 별로 없다는 것이 아니라 내가 해서는 안 될 짓을 저질렀다는 것이었다. 이제 나는 내 육체의 주인이 아니다. 남의 돈으로 사 입은 옷과 신발처럼 거짓말 같은 육체가 내 정신 위에 걸쳐져 있었다. 나는 아무래도 내 존재의 핵심을, 옷과 신발과 육체가 걸쳐진 그 보이지 않는 무엇을 잃어버린 듯한 기분이 들었다. 벌거숭이가 된 것 같기도 했고 반대로 너무 많은 것들에 둘러싸여 나 자신을 볼 수 없게 된 것 같기도 했다.

내게 일어난 일들이 무엇인지 정확하게 이해하기 위해서는 훨씬 더 많은 시간이 필요할 것 같았다. 점점 더 견딜 수 없어져서 계속해서 달렸다. 발목이 접질려 바닥에 넘어지고 나서야 멈출 수 있었다. 다시 일어나 뛰지 못할 정도로 힘이 완전히 소진되고 난 뒤에야.

석진

노화에서 벗어나는 방법에는 세 가지가 있다. 하나는 청소년기에 몇 살까지 성장하고 싶은지 미리 결정하는 것이다. 성장기부터 매달 병원에 방문해 호르몬 주사를 맞으면서 노화를 멈추고 싶은 나이에 신체 발달을 정지시킨다. 가장 자연스럽기도 하고 건강에도 무리가 가지 않아 병원에서 권장하는 방법이다.

두 번째 방법은 스토핑이다. 노화를 멈추고 싶은 나이에 수술을 통해 멈추는 것이다. 이후에는 매달 건강 검진을 하고 한 달에 한 차례 병원 신세를 져야 하는 등

상당히 불편한 과정을 감수해야 한다.

세 번째 방법은 호르몬 체인징이라고 불리는데, 자기가 원하는 나이의 호르몬을 주입받는 수술이다. 타인의 호르몬을 신체에 주입하는 것은 감염이나 질병을 일으키기도 하고, 심지어는 사망에 이르는 경우도 있다. 그런데도 대부분의 사람들은 세 가지 방법 중 위험성이 가장 높은 호르몬 체인징 수술을 선호한다.

이유는 간단하다. 청소년기에는 자기가 몇 살까지 살고 싶은지를 미리 결정하는 데 별 관심이 없다. 다들 알다시피 그 나이의 인간들이란 현재에 충실하다. 급격한 신체 변화와 심리적 성장에 관심을 쏟기에도 급급한 시기이니 인생의 최종 나이를 결정하는 일은 뒷전으로 밀려날 수밖에 없다.

가장 적절해 보이는, 노화를 멈추고 싶은 나이에 수술을 받는 방법이 별 관심을 받지 못하는 이유는 인간들의 욕심 때문이다. 현재 나이로 영원히 살겠다는 마음을 먹기 위해서는 무엇보다 만족하는 태도가 필요한데, 인간이란 만족을 모르는 동물이어서 '이대로도 충분하니 이쯤에서 멈추어야겠다'는 결단을 내리지 못하고 적절한 시기를 놓치고 만다.

그래서 대부분은 호르몬을 주입받는 호르몬 체인징 수술을 선택한다. 수많은 부작용과 사망 사례에도 이 수술의 인기는 꺼질 줄 몰랐다. 고령화 사회지만 아무도 늙지 않는 나라, 여기는 호르몬 체인징의 천국 대한민국이었다.

오늘 잔디가 살해당했다. 행복동 9번지에 묻지마살인이 일어났다. 죽은 사람이 잔디여야 할 이유는 없었다. 그래서 더 허망했다. 잔디는 내 고객이었지만 나는 잔디를 만나는 것이 즐거웠기 때문에 잠시였지만 친구를 잃은 것과 같은 상실감을 느꼈다. 잔디에게는 가족이 없었고 남긴 유산도 없었다. 누군가 죽었는데 아무것도 남겨진 것이 없다는 사실에 잠시 멍해졌다.

잔디의 죽음은 니나―한나의 새 이름이다― 의 생명과 직결된 일이었기 때문에 바로 니나를 찾아갔다. 스무 살의 니나는 앞치마를 두른 채 당근케이크를 굽다가 나를 맞았다. 그녀의 나이가 70세라는 것을 알고 있지 않았더라면 마음에 반향이 일었을 것이다. 면 티셔츠와 청바지 차림에 긴 생머리를 틀어올린 니나는 방금 내린

커피와 치즈케이크 한 조각을 내놓았다.

내가 들고 온 비보에 대해서는 전혀 짐작할 수 없었겠지만 무언가 심각한 일이 일어났다는 것 정도는 눈치챈 모양이었다. 외모는 앳되었지만 그 조심스러운 태도에서 나는 70세 노인의 인내를 읽을 수 있었다.

사정을 들은 니나는 크게 동요하지 않았다. 다만 자기가 어떤 선택을 할 수 있는지 내게 물었을 뿐이다.

나는 그녀에게 냉동요법을 권했다.

"시간이 충분하지 않아요. 열두 시간 안에 결정을 내리지 않으면 쇼크사할 수 있습니다."

"다른 선택지는요?"

"셀러를 바꾸는 방법이 있는데 수술 중 사망률이 50퍼센트예요."

"또 다른 건요?"

"잔디에게 쌍둥이 동생이 있다고 해요. 동생을 찾는다면 안전하게 셀러를 바꾸는 게 가능해지고요."

"쌍둥이를 열두 시간 안에 찾을 수 있나요?"

니나의 눈빛이 한순간 돌변해 열망으로 일렁거렸다. 한 줄기 희미한 희망이 잔잔한 마음에 돌을 던진 모양이었다. 니나는 갑자기 조급해 보였다. 나는 손바닥을 아래로 향하고 내리누르는 시늉을 했다. 마음을 가라앉히라는 제스처였다.

"물론 불가능합니다. 일단 냉동요법으로 호르몬 작용을 멈추어놓고 그 쌍둥이를 찾아야 해요."

니나가 깊은 한숨을 내쉬었다.

"담배 한 대 피워도 되죠?"

"물론입니다."

니나는 갑자기 스무 살 행세가 귀찮아졌다는 듯 케이크를 옆으로 밀어놓았다. 그러고는 현관으로 걸어가 재떨이를 들고 왔다.

"한 달 동안은 이걸 사용하지 않았는데…… 그래서 이따 갖다 버리려고 현관 앞에 내놓은 건데 오늘 다시 쓰게 될 줄은 몰랐네요."

"깜짝 놀라셨을 겁니다. 그 마음 이해합니다, 선생님."

"놀랐다기보다는, 그 얘기를 듣고 나니 한 달 동안 내가 스무 살인 척 굴었던 게 갑자기 우스꽝스럽게 느껴져서 그래요."

"아마 쌍둥이라는 여자를 찾을 수 있을 거예요."

니나가 고개를 들고 나를 쏘아봤다. 언제부터인지 손을 심하게 떨고 있었다.

"그 사람에 대해서 뭐 아는 거 있어요?"

"아직은요. 하지만 곧 알게 되겠죠."

니나가 피식 웃었다.

"자신감에 차 있네요. 나도 당신 나이 땐 그랬죠. 내가 뭐든 할 수 있을 거라고 생각했어요. 설마, 당신도 바이어인가요?"

나는 고개를 저었다.

"당신을 한번 믿어볼게요. 뭐, 믿지 않는다고 해도 내게 다른 수가 생기는 게 아니니까. 그런데 잔디는 무슨 일로?"

"살해당했어요. 빈민촌의 묻지마살인입니다."

니나가 두 손을 가슴 앞에 모으더니 입술을 달싹이며 뭐라고 중얼거렸다. 아마 불교 신도인 모양이었다.

"영혼을 믿어요?"

니나가 내게 물었다.

"아뇨."

"난 믿어요. 잔디의 몸은 죽었을지 모르지만 그녀의

영혼이 우릴 지켜보고 있을 거라고 생각해요. 잔디가
자기 동생 호르몬을 내게 주는 걸 좋아할까, 난 그게 좀
궁금한데."

"좋아할 겁니다."

"그거야 당신 생각이고."

니나가 담배를 한 대 더 피웠다.

"잔디는 원하지 않을 거예요. 나한테 호르몬을 주고
2~3주 동안 내내 고통스러워하는 걸 내 눈으로 똑똑
히 봤으니까. 우리가 쌍둥이를 찾아가 자기한테 한 일
을 똑같이 반복한다면 그 앨 두 번 죽이는 셈이 아니겠
어요? 물론 그렇다고 해서 쌍둥이를 찾지 말라는 건 아
니고요. 나도 내 삶을 정리할 시간이 좀 필요하니까요.
너무 욕심을 부리진 않을게요. 딱 한 번만 더, 한 번만
더 수술을 받고 나도 그만 이 삶을 정리해야겠어요. 그
러고 보니 수술을 받지 않았더라면 더 오래 살 수 있었
겠네요. 난 단지 친구를 좀 사귀고 싶었던 것뿐이었는
데……. 어쩌면 신은 내가 좀 더 고독해져야 한다고 생
각했는지도 모르겠어요. 그래서 내게서 친구들을 데려
갔던 건데 내가 신의 뜻을 거스른 건 아닐까요?"

스무 살 여자의 싱그러운 입술을 통해 칠십대 노인의 구슬픈 한탄이 이어졌다.

"수술을 받은 뒤 친구를 사귀셨나요?"

니나는 고개를 끄덕였다.

"며칠 전에 한 남자가 내게 관심을 보였어요. 처음 봤을 때부터 난 그 사람이 친근하게 느껴졌고, 어쩌면 사귀게 될 수도 있다고 생각했죠. 로맨스를 예상했는데 살인 사건이 펼쳐지네요. 잔디는 내 돈을 받고 자기가 원하는 걸 얻었을까요?"

나는 잠시 침묵했다.

"아마 그랬을 겁니다. 잔디는 매끼 식사를 하는 것만으로도 행복해했으니까요. 어제는 집에 새 냉장고를 들였다고 기뻐했어요. 그렇게나 많은 음식을 저장하게 되었다는 게 믿기지 않는다면서, 자기 삶이 아닌 것 같다고 제게 메시지를 보냈었죠. 셀러가 되게 해주어서 고맙다면서요."

뒷덜미가 서늘했다. 잔디가 음식을 저장하게 된 것, 마음놓고 식사를 하게 된 것이 화를 부른 것은 아닐까 싶어졌던 것이다. 말도 안 되는 해석이라고 생각하면서도 한편으로는 잔디와 한나의 인생에 호르몬 체인징이라는 장난을 친 것이 그 둘을 모두 망쳐버린 것 같아서 소름이 끼쳤다.

"잔디의 장례식에 내가 참석할 수 있을지 알고 싶은데요."

니나가 먼 벽을 응시하며 나지막하게 물었다.

"빈민가의 피해자들을 위한 공동 미사가 있긴 한데 시간을 지체할수록 회복이 어려워져요. 판단을 빨리 하실수록 유리합니다. 저라면 미사를 포기하고 당장 냉동 요법 신청서를 작성할 거예요. 잔디를 애도하는 일은 그 뒤에도 가능하니까요."

나는 니나의 손에 볼펜을 쥐여주었다. 니나는 입가를 억지로 올린 채 미소를 짓고 있었고, 글씨를 쓰는 손은 덜덜 떨렸다. 당황한 나머지 자기 집 주소를 기억하지 못해서 내가 불러주는 대로 받아 적어야 했다.

"이봐요, 난 죽음이 무서운 게 아니라 내가 한 짓이 두려운 거예요. 난 너무 큰 죄를 저질렀어요."

니나가 내 눈을 들여다봤다. 자기를 어여삐 여겨 구제해달라는 듯, 물기가 어린 커다란 눈을 깜빡거렸다.

"잔디는 당신에게 고맙다고 했다지만, 그 앤 아직 어려요. 아주 어리석은 아가씨라고. 잔디는 자기가 무슨 일을 당한지도 모른 채 죽은 거예요. 우리는 잔디에게 해서는 안 되는 짓을 했어요. 물론 당신을 원망하지는 않지만, 적어도 잔디가 한 말을 내가 고쳐 다시 말해야겠어요. 우린 너무 큰 죄를 저질렀어요……. 지금으로선 이게 내가 잔디를 위해 할 수 있는 유일한 말인 것 같군요."

니나는 서류에 도장을 찍은 뒤 티셔츠 소매를 걷어 올리고 팔뚝을 내밀었다. 나는 가방에서 마취제를 꺼내 니나의 하얗고 부드러운 팔뚝에 주삿바늘을 꽂았다.

우재

이번 달 1일 쉐이프웨이가 지하고속선으로 전 세계를 연결하겠다는 계획을 발표했다. 이와 동시에 3만여 명의 일자리가 생겼다. 어깨 부상을 당해 6개월 동안 생활비를 벌지 못하고 구인구직 사이트를 5분에 한 번씩 들락거리던 내게는 희소식이 아닐 수 없었다. 물론 쉐이프웨이에 취직한 것은 아니었다. 나는 쉐이프웨이의 하청 회사인 '디 프로젝트'라는 곳에 입사했다.

특별한 기술을 요하지 않는 단순한 작업이었다. 입사 시험 없이 신체검사만 거친 뒤 바로 채용되었다. 무슨 일을 하는지도 모르는 채 출근 시간과 장소만 들었다. 근무지가 아니라 역 근처의 셔틀버스 탑승 지점만 알려 줬을 뿐이다.

"밥을 든든히 먹고 와야 할 거요. 쉬는 시간에 빵과 음료가 지급되지만, 그걸로 버티긴 어려울 테니까. 힘을 꽤 써야 하는 일이오. 그래도 기술 없이 일하는데 이 정도 힘은 써줘야지."

자신을 팀장이라고 밝힌 남자가 내 어깨를 치며 말했다. 미안해하는 것 같기도 하고, 겁을 주려는 것 같기도 했다. 아마 어제 뉴스에서 보도된 사망사건 때문인 것 같았다. 마산에 있는 쉐이프웨이사 건설 현장에서 일하던 노동자가 죽었다. 지하굴이 무너지며 땅속에 파묻힌 것이다. 함께 사고를 당한 다섯 명의 노동자는 병원으로 이송되어 무사히 치료를 받을 수 있었지만, 김선우라는 이름의 노동자만은 지하굴에서 살아 나오지 못했다. 사체 부검 결과 병원에서는 굴이 무너지기 전 호흡 곤란 증세가 먼저 발생했고, 사고가 났을 때 이미 대응 불능 상태였던 것으로 추측된다고 사인을 밝혔다. 쉐이프웨이 소속 노동자의 100번째 사망 소식이었다.

"이름만 같은 쉐이프웨이지, 우리랑은 다른 회사니까 너무 꺼림칙해하지 마요. 우리 회사 사고율은 쉐이프웨이 하청 기업 중에서도 하위권에 속하거든. 한 달에 한 번씩 정기검진도 하고 있고. 교대근무제도도 곧 시행될 거예요."

나는 굳어가는 얼굴 근육을 펴려고 일부러 입가를 끌어당겨 미소를 지었다. 네네, 알겠습니다. 이 일이 위험하다는 것은 익히 들어 알고 있어요. 운이 따라주지 않으면 101번째 희생자가 될 수도 있다는 각오 없이 입사한 것은 아닙니다. 흘러나오려는 말들을 삼키기 위해 어금니를 깨물었다.

다음날 아침 풍산역 1번 출구에는 40여 명의 건장한 남자들이 탄 노란 버스가 나를 기다리고 있었다. 그들은 내 동료가 될 사람들이었다. 기꺼이 목숨을 내놓고 일을 해야만 하는 사람들이라고 말하면 너무 거창한 걸까? 언뜻 보면 모두 평범한 사람들 같았다. 당연한 일이었다. 다정하고 따뜻한, 나와 같은 사람일 뿐이었다. 그들의 약점은 돈이 없다는 거였다. 그들도 나와 비슷하게 가난할 뿐이었다. 하루 세 끼 식사를 위해, 가족을 먹여 살리기 위해, 어쩌면 목숨을 잃을지도 모른다는 위험을 감수하고 땅 밑으로 깊숙이 들어가기로 작정한 용기 있는 사람들이었다.

　여기는 지하 3,300미터. 나는 고속선로를 놓기 전 흙을 퍼올리는 작업에 배정되었다. 그동안 온갖 건설 현장을 전전했기에 별다른 걱정을 하지 않았는데, 생각보다 작업이 만만치 않았다. 주로 공중에서 일해왔기 때문인지 지하 환경에 쉽게 적응이 되지 않았다. 산소마스크를 쓰고 있는데도 숨이 턱턱 막혔다. 곧 죽을지도 모른다는 공포감이 자주 찾아왔다. 제대로 정신을 차리지 않으면 호흡장애를 일으킬 것 같았다. 숨이 막힌다는 생각이 들면 마음이 조급해져서 더 숨을 빨리 들이쉬려고 하기 마련이니까. 숨을 내쉬지 않고 들이쉬기만 하다 밸런스를 잃기도 한다. 가슴이 답답할수록 숨을 더 느리게, 그것도 못할 지경이 되면 잠시 숨을 멈추고 있는 쪽이 차라리 낫다.

　간신히 오전 작업을 마치고 숨을 헉헉거리며 바닥에 주저앉았다. 작업반장이 단팥빵과 과일주스 캔을 던져

췄다. 우걱우걱 빵을 씹고 있는데 옆자리에 앉은 남자가 자기 빵을 내밀었다. 얼굴이 하얗고 마른 몸에 눈빛은 칼같이 반짝였다. 아무래도 이런 곳에서 일할 사람으로 보이지는 않았다.

"힘들어 보이는데 이거 더 드세요. 전 소화가 안 돼서⋯⋯."

함께 일을 했으니 그의 사정도 나와 다르지 않을 것 같아 빵을 받기가 미안했다. 그에게 빵을 되돌려주려다가 빵 봉지 위에 명함이 올려져 있는 걸 발견했다.

호르몬 셀러를 구합니다

112-43-18669

호르몬 제공에 대해서는 전에 들은 적이 있었다. 휴직 기간 동안 아내가 그 일을 하겠다고 하는 바람에 둘이 심하게 다퉜다. 나는 아무리 한꺼번에 많은 돈을 준다고 해도 부모님께 물려받은 신체를 팔아서는 안 된다고 했고, 아내는 무슨 일을 해서라도 애들 밥은 굶기지 않아야 하지 않겠느냐고 했다. 나는 명함을 보면서 콧

방귀를 뀌었다. 하지만 빵과 명함을 되돌려주려고 옆자리를 돌아봤을 때 하얀 얼굴의 남자는 이미 사라진 뒤였다. 재빨리 남은 빵을 마저 삼키고, 명함은 버렸다.

저녁 10시쯤 셔틀버스를 탔다. 셔틀은 복지 차원이 아니라 생존 차원의 지원인 듯했다. 다들 곯아떨어졌기 때문에 버스 안은 쥐 죽은 듯 조용했다. 간혹 코 고는 소리가 들려올 뿐이었다. 운전자가 가끔 창문을 열고 바닥에 침을 뱉었다. 나도 금세 잠에 빠져들었다.

역 근처 정류장에 도착하자 기사가 고래고래 소리를 질러 우리를 깨웠다. 목소리는 컸지만 감정이 전혀 담겨 있지 않은 걸로 봐서 매우 익숙한 상황인 것 같았다. 반쯤 덜 깬 상태로 역을 향해 걷는데 누군가 내 손목을 잡아챘다.

아까 내게 빵을 건넨 남자였다. 공사장에서 봤을 때와는 인상이 조금 달라져 있었다. 노동자들 사이에 있을 땐 그의 흰 피부나 강한 눈빛 같은 것들이 눈에 띄었지만, 도시의 가로등 불빛 아래서는 그저 평범한 회사원으로 보였다. 나는 그의 제안에도, 그에게도 별 관심이 없었다. 아내와 아이들이 기다리는 집으로 빨리 돌아가고 싶을 뿐이었다. 곤히 잠든 가족들의 얼굴을 바라보는 몇 분이 내 일상에서 가장 소중한 순간이었다.

"한 시간만 내주시죠."

"아까 명함 봤습니다. 호르몬 제공에 관심 없어요."

"한 시간만 내주시면 오늘 받으신 일당의 두 배를 드리겠습니다. 당신이 호르몬을 제공하기로 하든, 하지 않든지요."

이미 그에게 손목을 붙들린 채였다. 내가 손을 떼라는 시늉을 하자, 그가 재빨리 말을 이어나갔다.

"그렇다면 사흘 치 일당을 드리겠습니다. 아까 다 봤어요. 당신 어차피 이 일 계속 못해요."

남자가 내 손목을 더 꽉 쥐었다.

"당신은 다섯 살 때 지하에 살았고, 그때 폭우에 가족을 잃었죠. 지하로 내려갈 때마다 그 트라우마가 되살아나 당신을 괴롭힐 겁니다. 디 프로젝트는 한 달 근무를 다 채우지 않은 노동자에게 급여를 지불하지 않아요. 거긴 하청 회사 중에서도 체불 쪽 악당 기업에 속하기로 유명하죠. 어때요? 내가 당신보다 당신에 대해서 더 많은 걸 알고 있지 않나요? 나한테 30분만 주세요.

하루 일당의 일곱 배를 드리겠습니다."

다섯 살 때 가족을 잃은 것은 사실이었다. 계약서에 써 있던 의무 근무 조항도 기억났다. 나는 그에게 내 시간을 허락하지 않을 수 없었다.

그는 나를 자가비행장치에 태우고 집과 반대 방향으로 날았다. 2인용 탑승이 가능한 소형 비행기였지만 바람의 저항에 흔들리지 않는 안전 지수가 높은 모델이었다. 이 일로 꽤 돈을 버는 모양이었다. 일주일 치 일당을 준다는 말은 믿어도 될 것 같았다. 한숨을 쉬자 그가 나에게 두 번째 명함을 내밀었다. 이번에는 '호르몬 셀러'를 구한다는 문구 대신 그의 이름이 적혀 있었다.

윤석진.

윤석진이 나를 데리고 간 곳은 서울의 부자들이 모여 산다는 무지개마을이었다. 돔 형태의 대기조절시스템을 통과하고, 다시 인공식물들이 공기를 정화하는 기다란 통로를 지나 문 앞에 도착했다. 그는 일곱 자리 숫자를 눌러 자동잠금장치를 열었다. 집주인이라면 보통 홍채나 얼굴, 지문 인식으로 출입구를 통과하기 마련이었으므로 그는 이 집의 주인이 아니라는 뜻이었다.

5분 뒤 나는 이 으리으리한 저택의 주인인 한 여자를 만났다. 그 여자는 죽은 상태였는데, 거실 소파에 낮잠을 자는 자세로 누워 있었다. 정확히 말하자면, 죽었지만 죽지는 않은 상태라고 할 수 있었다. 손목과 귀 뒤쪽, 허리와 발목에 전기장치가 둘러져 있었는데, 그 장치가 여자의 생명을 유지하고 있는 것 같았다.

"이분이 니나입니다. 오늘 당신에게 일주일 치 일당을 지불할 사람이죠."

윤석진이 거실 한구석에 걸려 있는 노인의 사진을 가리켰다.

"수술을 받기 전 니나의 모습이에요. 이때는 한나라고 불렸죠."

나는 두 사람의 얼굴을 찬찬히 살펴보았다. 언뜻 할머니와 손녀처럼 보였지만 자세히 뜯어보니 동일인임이 분명했다.

"김잔디라는 여자가 니나에게 호르몬을 제공해줬어요. 그런데 한 달 전 빈민 구역에서 살인 사건이 일어났고, 잔디 씨가 살해당했죠. 호르몬 체인지가 가능한 사람을 찾지 못하면 니나도 곧 죽을 운명에 처해 있고요."

윤석진과 나는 주방테이블에 마주 보고 앉아 이야기를 좀 더 나누었다. 그는 내가 니나를 살릴 수 있고, 니나의 돈이 내 가족을 살릴 수 있을 거라는 이야기를 가급적 돌려서 아름답게 포장하고 싶어 했다. 나는 죽어도 크게 이상할 것이 없을 듯한 나이의 저 여자가 왜 더 살아야 하는지, 그것도 스무 살의 젊은 나이로 왜 계속 살아야 하는지 그에게 물었다.

"인간은 젊어지고 싶어 하잖아요. 더 오래 살고 싶어 하고요. 니나는 젊음을 살 수 있을 만큼 부자니까요. 당신은 가난하고, 니나의 돈이 필요한 상황이에요. 당신은 더 이상 어깨를 사용해야 하는 육체 노동을 하는 게 불가능해요. 다른 기술을 가진 게 없고, 작은 가게라도 운영할 종잣돈이 있는 것도 아니고요."

나는 그의 뺨이라도 후려갈겨 더 이상 나를 모욕하지 못하게 하고 싶었다. 하지만 두 주먹을 꼭 쥔 채 참아야 했다. 인정하고 싶지 않았지만 그의 말이 맞을지도 모르기 때문이다. 어쩌면 죽은 저 여자의 돈이 내게 필요하게 될 수도 있다. 윤석진의 눈이 다시 칼처럼 빛났다.

"나는 당신에게 호르몬을 달라고 한 적이 없습니다.

당신은 남자고, 보시다시피 니나는 여자예요. 호르몬 체인징은 생물학적 동성에게만 가능합니다. 당신을 만나기 전, 그것도 6개월 전에 나는 당신 아내를 먼저 만났죠. 두 분은 생각이 좀 다르시던데…… 아내분은 이 일을 하길 원했고, 오늘 당신을 찾아온 건 집에 돌아갔을 때 당신 아내가 집에 없을 거라는 사실을 알려드리기 위한 것이었습니다."

나는 윤석진이 하는 말을 믿을 수 없었다. 하지만 그는 계속해서 지껄였다. 그 이야기가 거짓이 아니라는 것 정도는 나도 잘 알고 있었다.

"이제 아내분은 호르몬 셀러들의 공동숙소에서 살아가게 될 겁니다. 공동숙소 생활비는 니나가 지불할 거고요. 아내분께서는 호르몬 체인징으로 받게 될 사례금을 모두 자신의 가족에게 보내달라고 했어요. 여기 계약서를 한번 읽어보시죠."

나는 윤석진의 멱살을 쥐고 싶은 걸 간신히 참고 아내가 서명했다는 계약서를 찬찬히 읽어내려갔다. 아내는 이제 거실에 누워 있는, 젊은 여자의 얼굴을 한 노파에게 자신의 인생을 바칠 모양이었다.

나는 아무 말도 하지 않고 조용히 자리에서 일어났다.

"집까지 모셔다드리겠습니다."

윤석진이 나를 따라 나왔다. 허공을 가로질러 아내가 없는, 아이들이 잠든 집에 도착할 때까지 그는 나에게 아무런 말도 건네지 않았다. 그게 나에게 할 수 있는 최대한의 배려인 것 같았다. 수없이 많은 가난한 사람들을 부자들에게 데려다준 경험 때문인지 그는 내가 거슬려 할 만한 말을 전혀 하지 않았다.

"직계가족은 매달 셀러를 만날 수 있어요. 호르몬을 제공하고 난 뒤 3주간은 절대 안정을 취해야 하니 그 이후에는 아내분을 만날 수 있어요. 내일 수술이 끝나고 나면 삼진은행 계좌로 이사 자금과 함께 생활비로 쓰고 남을 만큼의 충분한 돈이 입금될 겁니다. 비용이 더 필요한 경우에는 언제든 추가로 청구하실 수 있습니다. 당신은 운이 좋은 편이에요. 니나는 너그러워요. 셀러에게 비용을 아끼지 않거든요. 그럼 또 연락 주십시오."

윤석진은 손을 내밀어 악수를 청했지만, 내가 응하지 않자 서둘러 주머니에 손을 넣고 자가비행장치에 올라

탔다. 그는 고개를 숙여 정중히 인사를 건넸다. 나는 답하지 않았다. 그와 말하거나 인사를 하거나 하는 일련의 행동들이, 아내의 결정에 대한 암묵적 동의처럼 느껴질까봐였다. 그가 탄 비행기가 허공을 가로질러 작은 점이 되었다가 마침내 완전히 사라지자, 눈물이 쉴 새 없이 얼굴 위로 흘러내리기 시작했다.

진아

아침에 일어나 가장 먼저 하는 일은 아이들에게서 온 영상 편지를 확인하는 일이다. 아이들은 매일 잠들기 전에 나에게 메시지를 남긴다.

아이들의 모습 뒤로 가끔 우재가 지나갈 때가 있다. 남편은 아직도 내게 화가 나 있다. 내가 셀러가 되기로 한 것이 이기적인 처사라는 것이다. 그는 아무리 가난해도 우리가 함께 살아야 한다고 강조했었으니까. 하지만 그가 더 이상 몸을 써서 일할 수 없게 되었다는 것은 분명한 사실이었고 가족의 생계는 이제 전적으로 내 손에 달려 있었다. 셀러가 되는 것은 내가 가장 많은 돈을 벌 수 있는 길이고, 또 유일한 길이기도 했다.

그가 나를 용서하지 않을 거라는 것을 알면서도 나는 메신저를 찾아가 계약서에 사인을 했다. 언젠가 우재가 나를 이해하는 날이 올까? 이해하는 날이 오지 않는다고 해도 내 결정에는 변함이 없었을 거다. 우리는 함께 살 수 없다. 우리는 가난했고 우리가 헤어짐으로써 우재와 아이들이 살아남을 수 있다면 나는 어떤 삶이라해도 기꺼이 선택했을 것이다. 매일 아침 눈을 뜨면 가족들이 몹시 보고 싶었지만 후회하지 않는다고 스스로에게 주문을 걸 듯 중얼거린다.

보영은 이제 초등학교에 입학했다. 학부모 참관 수업에 모두 엄마를 불렀는데 자기만 아빠가 왔다는 이유로 화가 나 있었다. 보영에게는 내가 지방으로 취직을 하는 바람에 몇 년간 떨어져 살아야 한다고 둘러대두었다. 그러므로 아이에게는 언젠가 엄마를 다시 만날 거란 희망이 있었고, 그 애의 투정은 애교에 가까웠다. 보영은 매우 낙천적인 성격으로 다시 엄마가 돌아올 거란 사실을 떠올리면서 엄마의 부재를 제법 씩씩하게 견뎌

냈다.

다섯 살 찬우는 동영상 렌즈를 향해 매번 보고 싶고 사랑한다는 말을 전한다. 한창 엄마가 필요한 나이였기 때문에 찬우의 메시지를 확인할 때면 몹시 가슴이 아프다.

아침 식사를 하러 식당으로 내려갔다. 식판에 밥과 반찬을 덜어와 미란의 옆자리에 앉았다. 미란은 이제 겨우 스무 살이었다. 나는 미란이 어떤 이유로 성인이 되자마자 셀러가 되어야 했는지 알지 못했다. 미란에게 영상 편지가 오는 일이 거의 없다는 사실로 미루어 추측건대, 가족도, 친구도, 연인도 없는 외로운 사람인 듯했고 그게 내가 미란에 대해서 알고 있는 전부였다. 쌍꺼풀이 진 커다란 두 눈, 펌을 한 붉은 머리, 짜증이 나 있는 듯 찌푸린 미간, 치켜올라간 어깨와 깡마른 몸의 미란이 오징어뭇국에 밥을 말고 있다. 평소에는 서너 숟가락을 겨우 뜨는 정도인데, 국그릇에 밥을 절반이나 만 것을 보고 눈이 휘둥그레졌다.

"살 좀 찌워보려고? 아님 무슨 일이라도 있어?"

미란의 커다란 눈이 나를 들여다봤다.

"다음 주가 2차 수술이라…… 1차 때 죽을 뻔하다 살아났거든요. 의사 선생님께서 체력이 너무 안 좋다고, 여기서 버티려면 무조건 잘 먹고 운동 꾸준히 하고 몸 관리는 기본으로 해야 한다고 하셔서……."

미란이 우물거리면서 끊어질 듯 기어가는 소리로 말했다. 나는 대답 없이 고개를 끄덕였다. 나도 1차 수술 뒤에 2주간 침대에서 일어날 수 없었다. 죽은 것들이 몸에 달려 있는 느낌. 살도 죽고, 피도 죽고, 뼈도 죽어 있는 끔찍한 기분. 다시 몸을 일으킬 수 있었던 건 오로지 살고자 하는 의지 덕분이었다. 우재와 내 아이들 때문이었다.

"죽음이라는 게 이런 건가 싶었다고요. 사실 나 바깥에선 여러 번 죽으려고 했었고, 정말 죽고 싶다고 생각했었는데, 한번 이 일 당하고 나니까 다시는 그런 경험을 하고 싶지 않아서……."

미란이 다시 무언가 떠오른다는 듯이 몸서리를 쳤다.

"언니는 다음 수술이 언제예요?"

"다음 달 첫째 주 수요일."

미란이 숟가락을 내려놓고 길게 한숨을 내쉬었다.

"그래도 좀 남았네."

"그래서 요즘 좀 살 만해. 저녁에 나랑 같이 명상하지 않을래? 저녁 명상반 신청했는데. 영양도 체력도 중요하지만 여기서 살아남으려면 무엇보다 정신을 똑바로 차려야 할 것 같아서."

미란이 코를 훌쩍이며 고개를 끄덕였다.

"좋아요. 나도 이제 살아야겠어. 나 언니랑 같이 명상할래요!"

"그래. 이따 저녁 먹고 같이 명상반 가자, 미란아."

미란은 지하 운동실로 간다며 먼저 일어났다. 나도 국에 밥을 말아 한 숟갈 입에 넣었다. 달콤한 뭇국이 어쩐지 씁쓸했다. 오징어뭇국은 우재가 가장 좋아하는 국이었다.

우재는 이제 자신을 위해 오징어뭇국을 끓일까?

내가 만들어준 것보다 맛이 더 좋을까?

우재는, 정말 나를 용서하지 않을 생각일까?

생각이 밀려오기 시작해서 재빨리 고개를 흔들었다. 다시 주문이 필요한 시간이다. 이번 주문은 '맛있다'다. 맛있다고 자꾸 중얼거리면 몰려드는 부정적인 생각을 쫓아낼 수 있었다.

그날 저녁 미란은 나를 따라 명상반에 등록했다. 우리는 매일 저녁 가부좌를 틀고 앉아 마음수련을 하기로 약속했다. 미란은 아까보다 더 초조해 보였다. 지난 수술 후 한 달 동안이나 사경을 헤매다가 겨우 깨어났는데, 이제 그만 죽고 싶지, 하는 목소리가 하루 종일 그녀를 괴롭힌다고 했다.

"언니, 저 정말 살고 싶어요. 그날 이후 그 목소리가 저를 떠나지 않아요. 아침에 눈을 뜬 순간부터 잠들기 전까지 계속해서 소리가 들리는데, 언니, 저 정말 그 소리가 듣기 싫어요. 명상을 하면 정신이 맑아지고 긍정적인 마음을 가질 수 있는 거 맞죠?"

나는 미란의 손을 꼭 붙들고 그럼, 정말이지, 명상을 하면 그런 목소리쯤은 거뜬히 물리칠 수 있다고 들었어,라고 한마디 한마디 힘주어 말했다. 미란이 희미하게 웃었다.

"그럼 언니 믿고 한번 해볼래요."

외부 강사가 진행하는 명상반은 '안다르 모우나'라는 침묵의 수련이었다. 재소자나 군인, 치매 환자들을 대상으로 20여 년간 명상을 이끌어왔다는 리더와 함께 우리는 첫 명상을 시작했다.

리더가 말했다.

"나는 소리에 반응하지 않는 그저 관찰자일 뿐이다."

옆자리에 앉은 미란이 몸을 떨었다. 그 말은 미란에게 몹시 필요한 말이었으리라. 나도 모르게 두 볼을 타고 눈물이 흘렀다. 숙소에 우두커니 앉아 있으면 자꾸만 떠올라 마음을 괴롭히는 말이, 내게도 있었다. 우재가 술을 마시고 온 날 나더러 '몸이라도 팔아 돈 좀 벌어오라'고 했던 말이었다. 우재는 평소에 거친 표현을 하지 않았다. 임금을 받지 못한 날 술에 취해 제정신이 아닌 상태에서 한 소리였는데, 진심이라고 느끼지 않았는데도 그 말이 나를 계속 괴롭혔다. 우재는 기억도 하지 못한 말, 우재에게서 나왔지만 우재가 한 말은 아닌 말, 술과 임금체불과 배신감, 미안함, 두려움, 세상의 지나가는 소음이 만들어낸 말도 안 되는 그 말이 내 마음속에 남아 있었다. 리더가 이끄는 대로 호흡 수련을 하면서 깨달았다. 그 말이 나를 괴롭힌 이유가 실은 우재와 의논하지 않고 혼자서 셀러가 되겠다고 서약한 일에 대한 죄책감 때문이라는 것을. 나는 우재에게 용서받고 싶었던 것이다. 우재가 내 결정을 믿어주고 나를 응원해주지는 않는다고 해도, 나를 미워한다는 말이라도, 그게 무슨 말이라도, 내게 해주기를 간절히 바라고 바라다가, 나 자신을 정당화하기 위해 그가 내게 던진 가장 나쁜 말을 기억하고 있다는 걸 깨달았다.

이후로는 저녁이 되면 2층 강의실에 방석을 깔고 앉아 명상을 했다. 마음이 고요하게 가라앉고 잡념이 사라지는 그 시간을 기다리며 하루를 버텼다.

미란은 수술 후 숙소로 돌아오지 못했다. 보통 2주에서 3주 정도 안정을 취하는 것이 수순인데 미란의 침대 위에는 아직도 '수술 중'이라는 팻말이 놓여 있었다.

개인의 건강 상태에 따라 수술 경과가 많이 달랐다. 일주일 만에 아무렇지 않게 자리에서 일어나 평소와 같이 먹고 웃고 걷는 사람이 있는가 하면, 3주간 끙끙 앓다 겨우 일주일 정도만 평소 컨디션으로 생활하는 이도 있었다. 미란은 후자였다. 일단 몸이 약했고, 심리적으로도 불안정한 상태였다. 정확하게 말하자면 수술은 그 애에게 무리로 보였다. 미란에게는 안정적인 보금자리, 몸과 마음을 헤아려줄 자상한 보호자가 필요했다.

명상을 하려고 눈을 감자 미란의 얼굴이 떠올랐다. 살고 싶다던 그 애의 말이 귓가를 맴돌았다. 눈을 질끈 감으면 구원처럼 리더의 목소리가 들려왔다. 나는 그저 소리의 관찰자일 뿐이다. 그 말에 기대어 일주일을 무사히 버텼다.

다시 일주일이 지나 미란의 침대 위에 놓인 팻말이 사라진 뒤에도 미란은 돌아오지 않았다. 침대는 며칠간 비워져 있다가, 새로운 셀러인 새봄의 자리로 변경되었다. 새봄은 미란과 비슷한 또래로 보였고, 미란과 비슷하게 깡마른 몸에 어딘가 불안정한 눈빛을 하고 있었다.

나는 먼저 인사를 한다거나, 이곳 생활이 적응할 만한지 묻는다거나, 식당과 화장실이 어디 있는지 알려주는 친절을 새봄에게 베풀지 않았다. 새봄은 미란을 떠올리게 했고, 내가 미란에게 다가가면 어쩐지 새봄도 미란과 같은 일을 당할 것 같다는 두려운 생각이 들었다. 나는 되도록 새봄과 눈도 마주치지 않으려고 노력했다.

새 친구를 사귀지 못하고 한 달간 입을 닫고 지내던 중에 우재가 찾아왔다. 숙소에 들어온 지 세 달 만의 일이었다. 안내인의 지시를 듣고 나서 한동안 어안이 벙벙했다. 우재가 이렇게 금방 나를 용서할 리 없다고 생각했으니까. 그는 절대 꺾이지 않는 의지를 가진 사람이었다. 그가 찾아온 건 나를 만나기 위해서가 아니라 내게 무언가 전할 말이 있기 때문이리라. 그가 가져왔을 소식이 두려웠다. 아이들에게 무슨 일이 생긴 걸까? 아니면 부모님께? 아니면 우재에게?

면회실에 마주 앉은 우리 두 사람은 한동안 말이 없었다. 우재는 고개를 숙인 채 나를 쳐다보지도 않았다. 다행이었다. 그래서 나는 우재를 마음껏 볼 수 있었으니까. 그래서 기뻤다.

3개월 동안 우재는 조금 살이 붙은 것 같았다. 입고 있는 옷도 새것이었고, 돈이 없어서 스스로 자르곤 했던 머리카락은 헤어 디자이너의 솜씨인 듯 깔끔하게 정리되어 있었다. 내 선택이 틀리지 않았다고 자부할 수 있었다. 나는 자신감을 얻었다. 손을 내밀어 우재의 손을 감쌌다.

우재가 냉정하게 내 손을 뿌리쳤다.

"나를 보니 마음이 놓이니? 넌 틀렸어. 잘못돼도 단

단히 잘못되었다고."

우재가 내 마음속을 들여다본 모양이었다.

"전에도 말했지만 난 네가 여기서 살도록 그대로 둘수 없어. 네가 나한테 준 돈으로 나는 모든 방법을 동원해서 너를 데리고 나올 거야."

기쁜 마음에 찬물을 끼얹듯 차갑고 단호한 어조로 그가 말했다.

"보영이랑 찬우는 잘 지내?"

"매일 엄마 보고 싶다고 하지. 그럴 때마다 아이들에게 엄마를 되찾아줄 의무가 있다고 느껴. 우린 매일 아침 배가 부르게 식사를 할 수 있게 되었고, 집세를 내고도 돈이 남아. 하지만 진아야, 나는 하나도 배가 안 불러. 너를 잃은 대가로 배를 불리고 내가 제대로 된 정신으로 살 수 있을 거라고 생각하니?"

나는 말없이 고개를 떨구었다.

"난 너를 되찾을 거야. 지금 너는 단단히 잘못된 선택을 한 거라고."

"계약을 다시 되돌리려면 세 배나 되는 위약금을 물어야 해."

내 목소리가 차갑고 냉정해서 스스로도 놀랐다. 우재가 천천히 고개를 저었다.

"니나를 만났어."

니나. 나는 그 여자를 본 적이 있다. 첫 수술일 이동식 침대에 누워 수술실로 들어가기 전, 그 여자는 날씬한 몸매에 파랗게 염색한 머리칼을 늘어뜨린 채 두 눈을 감고 있었다. 반은 죽은 상태라는데 어디선가 목소리가 들려왔다.

'무서워.'

'수술이 얼마나 무서운 줄 알아?'

순간 코웃음이 났다.

'당신은 무섭다는 말을 할 자격이 없어.'

나는 그녀에게 그렇게 소리치고 싶었다.

'칠십대에 이십대의 몸을 원하는 당신의 욕망이야말로 무섭고 또 무서워.'

니나가 젊어진 만큼 나는 늙었다. 나는 니나에게 생명을 바치고 있었으니까. 우재는 이제 나에 비해 너무 어려 보였다. 나이 차가 많은 동생쯤으로 보였다.

"그 여자가 뭐라고 했는데?"

우재가 처음으로 나를 봤다. 우재의 눈이 분노와 절망, 그럼에도 포기하지 않겠다는 각오로 번득이고 있었다.

"너를 놓아준다고 내게 약속했어."

우재는 늘 자기 입장에서 말을 한다. 니나가 그런 말을 했을 수도 있겠지. 하지만 아무 대가 없이 그런 약속을 하지는 않았을 거다.

"조건은?"

이번에는 우재가 내 손을 잡았다.

"다른 셀러를 찾는 것."

이번에는 내가 우재의 손을 뿌리쳤다.

"나 대신 다른 사람을 이곳에 데려오겠다는 거야?"

"그래. 나 그렇게 할 거야."

우재가 절대 흔들리지 않겠다는 듯 단호하게 대답했다.

"넌 못해."

나는 확실하게 못 박았다.

"네 말대로 내가 셀러가 된 게 잘못이라면, 나 대신 다른 누가 셀러가 되는 건 잘못 아니야? 누군가 너처럼, 보영이나 찬우처럼 가족을 잃게 되는 거, 너 견딜 수 있어? 아니, 넌 못 해. 넌 그런 사람 못 돼. 나는 널 알아."

우재가 억지 미소를 지었다.

"진아야, 나 3개월간 다른 사람이 되었다. 너를 잃었
는데 내가 어떻게 그 이전의 나일 수 있겠니? 너를 되
찾아오기 위해서라면 난 뭐든 할 수 있어. 나 이제 이전
의 우재가 아니야. 기다려. 아프지 말고 죽지 말고 기다
려줘. 오늘 여기 온 건 이 말을 하기 위해서야. 내가 널
다시 데리러 올 테니까 반드시 죽지 말고 기다려달라
고."

할 말을 마친 우재는 자리에서 일어나 면회실을 나갔
다. 나는 한동안 자리에 멍하니 앉아 있었다. 나는 우재
가 나를 원망하면서도 내가 보낸 돈으로 아이들을 키워
줄 거라고 믿었다. 그가 나 없이도 어떻게든 살아나갈
수 있을 거라고 생각했던 것이다. 나는 테이블 위에 쓰
러지듯 엎드렸다.

'나도 이런 결정 하기까지 쉽지 않았어, 우재야. 제발
내 결정을 믿고 따라줘. 나는 이미 죽어가고 있어. 난
그걸 느껴. 매일 숙소에 있는 우리 모두에게 드리워져
있는 죽음의 그늘을 봐. 우리가 계속 살 수 있다고 한

윤석진의 말은 거짓이야. 우리의 껍데기가 살아 있는 것처럼 보일 뿐이야. 우린 죽음과 계약을 한 거야. 목숨과 돈을 맞바꾼 거라고. 그래도 상관없어. 너와 아이들이 살아갈 수 있다면 난 여기서 그냥 만족할래. 다시 나를 찾으려고 하지 마. 그렇게 되면 넌 나와 아이들을 모두 잃게 될 거야.'

누군가 내 어깨를 흔들었다. 새봄이었다.

"513호실 언니 맞죠?"

"네."

나는 새봄의 미소를 못 본 척 바닥으로 시선을 떨어뜨렸다. 더 이상 이곳에서 누군가를 사귀고 싶지 않았다. 그건 누군가를 잃고 싶지 않다는 뜻이기도 했다.

"제가 다음 면회 기다리고 있어서요. 동생이 왔거든요."

"동생이 있나봐요."

"네, 저보다 두 살 어린 동생을 위해서 전 여기에 왔고요. 동생은 저에게 무척 고마워해요."

하마터면 새봄에게 나이를 물을 뻔했다. 나도 모르게 입을 꾹 다물었다.

"언니도 가족을 만났나요?"

"네, 어머니가 오셨어요. 어머니가 편찮으신 바람에 저도 이곳에 오게 되었죠. 어머니 수술이 잘 끝났다고 해서, 모처럼 기쁜 날이에요. 오늘은."

"정말 잘됐네요."

새봄의 표정이 환하게 밝아졌다.

새봄

　어떻게든 내일은 1000만 마인을 마련해야 한다. 동생의 입원을 더 이상 미룰 수 없다. 동생은 태어날 때부터 호흡기가 좋지 않았다. 산소발생기를 틀고 휴대용 산소 캔을 가지고 다니는 것은 일상이 되었지만, 동생은 기계의 도움만으로는 해결할 수 없는 중증의 호흡장애를 앓고 있었다.

　의사는 폐를 이식하는 방법을 권했지만 고아원에서 자란 나와 동생에게 인공 폐 이식 수술은 꿈같은 이야기였다. 의학 기술은 발전했지만 그건 우리들의 몫이 아니었다. 누군가 갖다 버린 산소발생기를 주워다 수리해서 사용하는 것을 행운으로 여기며 동생은 버텼다.

동생이 화장실에 오가는 것을 힘들어할 정도가 되자 우리는 결단을 내려야 했다. 그즈음이었다. 프랜차이즈 식당 아르바이트가 끝나 홀을 정리하고 셔터 문을 잠글 때 윤석진이 나타났다.

"혹시 돈 필요하지 않아?"

그는 내 사정을 이미 다 알고 있었다. 나를 보자마자 반말을 쓰는 게 신경에 거슬렸지만 그런 것까지 따질 만한 여유가 없었다.

"나한테 뭘 원하는데?"

나도 그에게 반말을 썼다. 그가 손가락으로 식당 안으로 들어가자는 시늉을 했다.

"다른 사람들이 들으면 좀 곤란해서."

나는 다시 셔터 문을 열고, 안쪽에서 문을 걸어 잠갔다.

윤석진은 내가 호르몬을 기증한다면 동생의 병원비 일체와 우리 두 사람이 앞으로 살아갈 생활비 전액을 제공하겠다고 했다.

"네 동생이 만약 외국으로 유학 가길 원한다면 비행

기 표에 주거비는 물론이고 학비까지 대줄 수 있어. 그건 너도 마찬가지고. 물론 호르몬 기증자는 국내에 있는 게 안전하긴 하지만…… 내 말은 앞으로 돈에 대해서라면 아무것도 고민할 필요가 없다는 뜻이야."

그가 내게 계약서를 내밀었다. 바이어와 셀러, 처음 듣는 단어들을 대충 건너뛰고 셀러가 받을 수 있는 혜택을 꼼꼼히 읽었다. 과연 그의 말대로였다. 내가 무엇을 더 망설여야 했을까? 나는 그를 끌어안고 엉엉 울고 싶을 지경이었다.

"우린 좀 사정이 급해."

나는 일부러 딱딱한 말투로 딴청을 피우며 말했다.

"어떤 사정인데?"

윤석진도 딴 데를 보면서 대답했다.

"동생 수술이 급해. 제공 대상자가 정해진 뒤에 돈을 받는 게 아니라, 돈을 먼저 받아야겠어."

윤석진이 웃었다.

"괜히 쫄았네. 어려울 거 없어. 만약 네가 오늘 밤에 곧장 나를 따라와 숙소에 입실해준다면 지금 당장 네 계좌로 수술비를 입금할게."

가벼운 말투였지만 거짓이 아니라는 확신이 들었다.

"그리고 하나 더."

윤석진은 계속 말하라는 뜻으로 천천히 고개를 끄덕여 보였다.

"나 대신 동생의 수술 절차를 밟아줘."

윤석진이 엄지와 검지를 맞닿게 해 동그라미를 만들어 보였다.

"그것도 어렵지 않지. 우리나라에서 인공 폐 수술로 가장 유명한 병원에서, 가장 유능한 주치의를 동생에게 붙여줄게."

더 이야기할 것도 없었다. 나는 그 자리에서 계약서에 사인을 한 뒤 그를 따라 자가비행장치를 탔다. 허공을 가로지르며 눈물을 흘릴 뻔했다. 어제까지만 해도 동생과의 마지막을 어떻게 보내야 할지 고민했으니까. 동생에게 한 끼라도 더 정성스러운 식사를 차려주고 싶다는 생각, 좋아하는 음악을 들려주고 싶다는 생각 같은 것이었다.

숙소는 생각했던 것보다 나쁘지 않았다. 공동 침실이

었지만 동생과 살던 집에 비하면 궁궐 같았다. 동생과 나는 작은 쪽방에 살았는데 허리를 굽히지 않으면 제대로 설 수 없을 정도로 천장이 낮았다. 그래도 각자 방을 따로 쓸 수 있다는 점만은 좋았다. 집으로 돌아갈 때마다 늘 그곳을 떠나는 날을 상상했다. 다시 그곳으로 돌아갈 수 없다는 것에 대해 내가 어떤 감정을 느껴야 하는지 몰라 어안이 벙벙해졌다. 급작스러운 제안이었고, 급작스러운 결정이었다. 하지만 후회하지 않는다. 동생을 살릴 수 있다는데 다른 선택지가 내게 있을 리 없었다.

이곳의 이상한 점은 아무도 서로에게 말을 걸지 않는다는 거였다. 비슷한 처지이니 다른 셀러들과 의지하면서 지내게 될 거라고 예상했는데 냉랭한 분위기였다.

가끔 꽤 친밀해 보이는 이들도 있긴 했다. 그들이 입은 옷에는 노란색 배지가 달려 있었다. 숙소에 입실한지 한 달이 되지 않은 셀러들이었다. 한 달이 지나면 서로에게 관심을 두지 않게 된다는 뜻이었다. 한 달이 지나면 무슨 일이 일어나기에 그런 걸까?

나는 마음속으로 같은 방 사람들에게 말을 건네며 병실의 침묵을 견뎠다. 주로 말을 거는 상대는 옆 침대를 사용하는 삼십대 초반의 여자였다. 나는 그 여자가 마음에 들었다.

여자는 별로 말이 없다. 차분하고 침착해 보이는 인상에 걸을 때도 조용조용, 별로 소리를 내지 않는다. 그 여자에게서는 아무 냄새도 나지 않는다. 화장품을 사용하지 않는 걸까? 화장기 없는 밋밋한 얼굴에 미소를 띠지 않은 무미건조한 인상이었지만, 우연히 마주친 선한 눈매에 마음을 빼앗겨 심성이 착한 사람일 거라고 내 맘대로 단정지어버렸다.

그녀가 내게 말을 걸지 않는다면 마음속으로 대화를 나누면 그만. 아침에 일어나서 가장 먼저 하는 일은 그 여자에게 말을 거는 거다.

'잘 잤어요, 언니?'

그런 다음 내 마음속으로 대답까지 한다. 지나가다 엿들었던, 관리사에게 말을 건네던 여자의 목소리를 기억하고 있다. 그 음성을 떠올리며 내게 답한다. 되도록 다정하고 따뜻하게. 한껏 감정을 살려.

"지난밤에 꾼 꿈 얘기 들려줄까?"

내가 환호성을 지르며 환영하자, 여자가 꿈 이야기를

늘어놓기 시작한다. 여자가 늘어놓는 이야기에 귀를 기울이던 나는 잠시 머뭇거린다. 언젠가 이와 비슷한 일이 있었다는 어렴풋한 기억이 떠올랐기 때문이다.

동생은 영화를 좋아했다. 영화를 보고 나면 실감 나게 이야기를 들려주는 게 동생의 유일한 취미였다. 거기에 생각이 미치면 환상이 중단된다. 여자가 내게 들려주는 꿈 이야기가 언젠가 내가 들은 적 있었던 이야기라는 데 생각이 미치면…… 동생이 내게 들려줬던 이야기가 그 여자가 꾼 꿈 이야기로 둔갑해 있다. 동생이 떠오르는 순간 나는 다시 현실로 돌아온다.

아무도 내게 말을 걸지 않는다. 여자는 나를 쳐다보지 않는다. 단 한 번 우연히 마주친 눈빛만으로, 나는 열 번이고 스무 번이고 환상을 반복하고 있는 것이다. 그것이 내가 아침마다 치르고 있는 의식의 가여운 정체다.

이제 나는 여자의 뒤를 따라 식당으로 내려간다. 아마 여자도 내가 자기를 뒤쫓고 있다는 걸 아는 것 같다. 하지만 여자는 뒤를 돌아보지도, 내게 말을 걸지도 않는다. 나는 여자가 낯을 가리고 매우 신중하며, 쉽사리 마음을 내주지 않는 내성적인 사람일 거라고 생각한다.

이제 여자가 먼저 나에게 말을 걸 때까지, 나도 여자에게 말을 걸지 않겠다고 다짐한다.

여자가 앉은 자리에서 가장 멀리 떨어진 곳에 앉는다. 근처에 앉는 건 너무 속 보이는 짓이니까. 반대편 제일 끄트머리 자리에서 가끔 여자의 얼굴을 흘끗거리며 식사를 한다. 여자는 늘 혼자고, 누군가 자기 가까이에 앉는 걸 불편해하는 눈치다. 여자의 의심을 받지 않기 위해 가끔은 자리를 옮겨 앉는다. 뒤편에 앉아 마음껏 여자의 뒷모습을 바라본다.

먼저 말을 걸지 않는다는 원칙을 깬 건 전혀 예상하지 못한 곳에서 그 여자를 만났기 때문이다. 동생이 면회를 왔다고 해서 대기실에 기다리다 면회실에 입실했을 때, 그 여자가 테이블 위에 엎드려 있었다.

꿈이 현실이 되어 나타난 기분이었다. 아주 오랫동안 여자에게 말을 거는 순간을 기다려왔기 때문이다. 하지만 막상 기가 막힌 타이밍에 맞닥뜨려지자 여자에게 전혀 말을 걸고 싶지 않았다. 여자를 놀라게 하고 싶지 않았던 것이다. 그 여자가 마음껏 얼굴을 가리고 엎드려 있게 그대로 두고 싶었다. 옆에 선 채로 그저 여자를 지켜주고 싶었다.

하지만 내가 말을 걸지 않으면 아무래도 여자가 울어 버릴 것 같았다. 그 전에 여자를 깨워야 했다.

나는 여자의 어깨를 흔들었다

"513호실 언니 맞죠?"

여자는 내 알은척을 반기지 않았다. 얼굴을 들고 내가 같은 공간에 있다는 것을 확인하자, 내 눈을 피해 벽을 노려보았기 때문이다. 나는 다행이라고 생각했다. 어떤 이유에서인지 여자가 우는 모습만은 보고 싶지 않았다. 여자가 나를 싫어하게 되는 편이 훨씬 나았다. 나는 내 선택을 후회하지 않았다 .

"제가 다음 면회 기다리고 있어서요. 동생이 왔거든요."

"동생이 있나봐요."

여자가 하나도 궁금하지 않다는 듯 떨떠름하게 대답했다.

"네. 저보다 두 살 어린 동생을 위해서 전 여기에 왔고요. 동생은 저에게 무척 고마워해요."

순간 여자의 눈이 반짝였다. 무엇 때문인지는 알 수 없었지만 내 이야기의 어떤 부분이 그녀의 마음을 건드렸다는 것만은 분명히 알 수 있었다.

"언니도 가족을 만났나요?"

일부러 답하기 편한 간단한 질문을 던졌는데도 여자
는 대답하지 않았다. 여자는 입을 열어 단답형의 '네'라
는 한마디를 거부했다. 여자는 머릿속으로 뭔가 꾸며
내고 있었다. 손가락으로 치맛단을 강하게 움켜쥐었다.
여자가 얼마나 불안해 보였는지 여자에게 알은척을 한
게 후회스러울 정도였다. 빨리 여자를 보내주고 싶을
뿐이었다.

"네, 어머니가 오셨어요. 어머니가 편찮으신 바람에
저도 이곳에 오게 되었죠. 어머니 수술이 잘 끝났다고
해서, 모처럼 기쁜 날이에요. 오늘은."

여자는 억지 미소를 지어 보였다. 여자의 연극이 너
무 허술해서 이번에는 내가 울고 싶을 지경이었다.

"정말 잘됐네요."

나도 억지 미소를 지어 보였다. 여자가 황급히 고개
를 떨구고 면회실을 나갔다.

겨울

태어날 때부터 폐가 약해 호흡이 불편했지만, 인공
폐를 이식받을 수 있을 거라는 희망을 가져본 적이 없
다. 허리를 펴고 꼿꼿이 걸어다닐 수 있는 집에서 살게
되리라는 생각도 해본 적 없다. 가난한 사람들이 갑자
기 부자가 되는 일은 부자가 가난해지는 것만큼이나 드
문 일이니까. 하지만 한 번도 꿈꾸지 않았던 일이 내게
일어났다. 나는 이제 편안하게 숨 쉴 수 있는 몸을 갖게
되었고, 내 명의로 된 아파트가 생겼다.

이사한 집은 침실과 드레스 룸, 서재까지 딸린 45층

아파트다. 까치발을 들고 두 팔을 위로 뻗어도 천장에 손끝이 닿지 않는다. 가상 현실 프로그램에라도 접속해 있는 건 아닌지, 비좁은 다락방에서 언니와 살고 있는 과거의 내가 행복동 12번지에 여전히 존재하고, 그 집에서 병든 폐를 끌어안고 가쁜 숨을 내쉬고 있는 건 아닌지 의심해보기도 한다.

지금이 꿈이 아닌 현실이라고 확신하는 이유는, 곁에 언니가 없기 때문이다. 언니는 나에게 엄마와 같은 존재다. 언니가 없는 삶을 단 한 번도 생각해본 적이 없다. 만약 나 자신에게 가짜 행복을 선물하기 위해 가상 현실 프로그램에 접속한 거라면, 그 꿈속에 언니가 없을 리 없다. 언니가 없다는 건 지금 여기가 현실이라는 뜻이다.

퇴원하는 날 자가비행장치를 탄 남자가 나를 이곳에 내려주었고, 앞으로는 언니와 함께 살 수 없겠지만 한 달에 한 번은 면회가 가능하다면서 언니가 묵고 있는 병원 숙소의 주소를 알려주었다. 나는 당장 그곳으로 달려가고 싶었지만 그러지 못했다. 아무것도 하지 못하고 2주 동안 이불을 뒤집어쓴 채 꼼짝도 하지 못했다.

언니를 만나면, 언니를 원망하게 될 것 같아서.

복잡다단한 마음이었다. 처음으로 느끼는 자연스러운 호흡의 자유. 이것이 살아 있다는 거구나. 살아 숨 쉰다는 말은 이래서 쓰는 거구나 싶은 기쁨을 누리면서도 언니 없이 이 세상을 혼자 살아가야 한다는 걸 생각하면 두렵기만 했다. 나를 떠나버린 언니가 미웠다. 언니는 나를 살리기 위해서가 아니라 아픈 나를 더 이상 보고 싶지 않았던 게 아니었을까 엉뚱한 의심을 하기도 한다.

무엇보다, 언니를 만나게 되면 나 자신을 미워하게 될 게 뻔하기 때문에 언니를 만나러 가기 싫었다. 자유로운 삶을 포기하고 감금된 것과 마찬가지인 단체 생활을 하고 있다는 언니의 얼굴을 무슨 낯으로 볼 수 있을까? 내게 언니를 찾아갈 자격이 있을까? 내 마음을 괴롭힌 건 언니에 대한 죄책감이었다.

결국은 용기를 냈다. 한 달 동안 집에서 꼼짝하지 않은 대가로 엉망이 된 몰골을 다시 가꾸는 일부터 시작했다. 목욕을 한 뒤 집 안을 청소하면서 '언니가 있었다면 이런 나를 가만두지 않았을 텐데' 하는 생각을 했다. 낡고 가난한 집이었지만 언니는 매일 청소를 하고, 창가에는 화분을 두고, 계절이 바뀔 때마다 아름다운 풍경이 담긴 액자를 벽에 바꾸어 걸었다. 언니에게 이 집을 보여주면 기뻐할 것 같아서, 나는 사진이라도 보여줄 양으로 집을 청소하고 가구를 들이고 그림 액자를 주문했다. 내가 살고 있는 집을 언니가 본다는 것은 의욕을 불러일으킬 만한 충분한 동기가 되었다.

다시 만난 언니는 여전히 밝고 따뜻한 사람이었다. 한 가지 이상한 점은 전처럼 말을 많이 하지 않는다는 거였다. 내가 말을 건네면 긴 한숨을 내쉬면서 다른 생각에 잠기곤 했다.

"왜 대답을 하지 않고 딴생각을 하고 있어?"

언니는 내 질문에 깜짝 놀라는 것 같았다.

"그랬니? 난 몰랐어. 아마 대화 대신 생각을 하는 게 버릇이 되어서 그런 것 같아. 여기 사람들은 서로 대화를 거의 하지 않거든."

"이유가 뭐야?"

다들 언니처럼 가족과 떨어져 단체 생활을 하고 있는 상황이라면 외롭지 않을까? 말 붙일 누군가가 그립지 않을까? 가족처럼 친밀하게 지낼 수 있는 사람을 찾고 싫어 하지 않을까 싶었는데, 의외의 대답이 돌아왔다.

"그건 나도 아직 잘 모르겠어. 어쩌면 서로를 더 관찰할 시간이 필요한 게 아닐까 싶기도 하고, 몸을 건사하기에도 피곤하니 그냥 혼자 편하게 쉬고 싶어 하는 게 아닐까 싶기도 해."

서너 마디를 겨우 주고받았을 뿐인데 언니의 목소리는 점점 작아지고 있었다. 눈의 흰자위가 빨개지고 얼굴색이 푸르게 변했다. 조금씩 말하는 것도 부담이 되는 모양이었다. 아무래도 건강에 문제가 있어 보였다. 언니는 또다시 긴 침묵에 잠겼다.

"수술이 몸에 부담이 컸던 것 같은데?"

언니는 고개를 끄덕였다.

"그렇긴 해. 수술 후 2주나 누워 지냈는 걸. 지금은 많이 나아진 거야. 그런데 다음 달에 또 수술 날짜가 잡혀 있어."

언니는 자기도 모르게 몸서리를 쳤다. 언니가 겁에 질려 있다는 걸 분명히 알 수 있었다. 만약 과거로 돌아갈 수 있다면 언니를 만나러 오지 않았을지도 모르겠다. 아니, 언니가 나를 위해 했던 선택을 되돌릴 수 있다면 분명히 그렇게 했을 것이다.

나를 살리는 일이 아니라 나에게 찾아온 죽음을 언니의 죽음으로 뒤바꾼 것뿐이라는 걸 어렵지 않게 알 수 있었다. 언니는 잘못된 결정을 내렸다. 죽어야 하는 것은 나였다. 언니가 아니었다.

"그럼 친구도 없이 종일 무얼 하며 지내?"

언니가 웃었다.

"수술 후 2주간은 누워 지냈고, 이제 2주간 신체 회복을 위해 운동과 식이요법을 하고 있어. 몸 상태가 정상이 되면 다시 수술을 할 수 있도록."

나는 언니의 손을 꼭 잡았다. 언니의 손은 마르고 거칠었고, 물체처럼 차가웠다. 언니의 손이 온기를 되찾을 수 있도록 성의껏 주무르면서 나는 조그맣게 중얼거렸다.

"언니는 실수를 한 거야. 언니가 나를 사랑한다는 걸 알지만, 언니 자신을 더 소중하게 여겼어야 해. 나는 언니를 죽이게 된 거야. 난 나를 평생 살인자라고 생각하며 남은 생을 보내야겠지……."

"미안해, 겨울아."

나는 세차게 고개를 저었다.

"내겐 그런 말을 들을 자격이 없어."

나는 울음을 터뜨렸다. 앙상하게 마른 언니가 나를 꼭 끌어안았다.

"언니를 용서해줘. 하지만 네가 죽어가는 걸 그대로 두고 볼 수 없었어. 만약에 네가 죽었다면 나는 더 살아 가지 못했을 거야. 나는 너의 언니로 태어나서, 너의 언니가 아닌 다른 누군가로 이 세상을 살아간다는 걸 상상도 할 수가 없어, 겨울아."

언니도 나와 같은 생각을 했구나.

그런데 우리가 함께 살아가는 방법은 없는 걸까? 언니를 이곳에서 데리고 나올 방법은 없는 걸까? 나는 언니를 데리고 온 순찰관이 언니를 이름이 아닌 번호로 부르는 것, 그리고 이곳 사람들이 서로에게 무관심하며 관계를 맺지 않는다는 것을 불현듯 다시 떠올렸다. 언니와 나는 쌍둥이로 오해받을 정도로 외모가 비슷하다는 사실과 함께.

"언니는 다시 세상으로 가. 내가 언니 대신 수술을 받을래. 언니는 여기서 상한 몸에 인공장기를 이식받아 다시 새로운 몸을 얻도록 해."

유미

1, 2, 3동은 여자 셀러들의 숙소, 4, 5, 6동은 남자 셀러들의 숙소다. 나는 2동 3층의 1호실부터 10호실을 담당하고 있다. 내가 하는 일은 셀러들의 몸 상태를 확인해 적절한 수술 날짜를 정하고, 그들의 회복을 돕는 것이다.

간호대학에 다닐 때 나의 꿈은 난치병 환자의 호스피스가 되는 것이었다. 세상에서 가장 두려운 것은 자신의 죽음이 아닐까? 환자들이 마지막을 담담하게 맞이할 수 있도록 용기를 주고 싶었다.

어쩌면 그 꿈이 현실이 된 것인지도 모른다. 셀러들은 결국 수술을 할 때마다 죽음에 점점 가까워지는 꼴이었으니까. 수술을 받고 난 셀러들은 신체적으로 허약해지기도 하지만 정신적인 고통으로 다시 회복하지 못하는 경우도 상당하다. 수술받을 때의 공포를 다시 경험하고 싶지 않아서 자살하는 이들도 있다.

물론 우리는 최선을 다해 사고를 미연에 방지하려고 노력한다. 명상 프로그램, 심리상담 프로그램, 취미반 운영 등 셀러들이 고통을 딛고 다시 일어날 수 있도록 여러 가지 조치를 취하고 있다.

그중 하나는 문제 행동을 보이는 셀러들을 선별하는 일이다. 그들의 식사에는 항우울제와 항불안제를 처방해 자살 같은 극단적인 일이 일어나지 않도록 조치한다. 셀러들은 대개 말을 하지 않아서 처방 대상자를 선별하는 일은 꽤나 까다롭다. 대부분의 셀러들이 심리적인 문제를 가지고 있기 때문이다.

그래서 관리자의 성향에 따라 셀러에 대한 판단이 다를 수밖에 없다. 내성적인 관리자의 눈에는 분노를 드러내며 과격한 언행을 일삼는 셀러를 처방 대상자 리스트에 올리는 일이 다반사다. 관리하기 어렵다는 측면에서는 그들을 눈여겨보아야 할 테지만, 실제로 문제를 일으키는 이들은 겉으로 아무 내색도 하지 않는 이들이다. 자기 마음을 겉으로 드러내지 않는 쪽이 자살할 확률이 더 크다. 고함을 지르거나 폭력을 행사하는 쪽은 어쨌든 자신의 상황을 드러내고자 하는 의지가 남아 있는 경우이니 상담이나 약물치료, 운동과 명상 등을 병행하면서 좋아지는 경우가 많다.

자기가 고통스럽다는 것을 드러내지 않는 쪽은 위험하다. 그런 경우가 종종 있다. 문제를 해결할 수 있는 의지를 키워볼 새도 없이 그들은 생을 마감하려 든다. 우리는 그런 사람들을 찾아내는 일을 한다.

내가 요즘 눈여겨보고 있는 셀러는 2호실의 201이다. 입실할 때 그녀는 꽤 명랑한 축이었고 말이 많은 편이어서 크게 걱정하지 않았는데, 요 며칠 사이 부쩍 수척해지더니 침대에서 꼼짝하지 않고 웅크린 채 대부분의 시간을 보내고 있었다. 나는 201의 식사에 항우울제를 처방할 것을 건의했다.

이후 201은 침대에서 나와 조금씩 숙소 안을 걷거나

창문을 열고 바람을 맞거나 복도에 놓여 있는 식물들을 들여다보는 등 호전된 양상을 보였다. 취미를 가질 것을 권유하자 글쓰기 프로그램을 신청했는데, 그 이후로 더더욱 기운을 내는 것 같아 안심이 되었다.

201은 밤마다 스탠드를 켜놓고 조용히 무언가 끄적이기 시작했다. 그런 날에는 알람을 듣지 못하고 늦잠을 자서 아침식사를 놓치기도 했다. 식사를 거르는 것은 건강에 좋지 않은 일이었지만, 의욕적으로 하는 일이 생겼다는 것은 매우 좋은 징조였다. 밤새 뭔가 쓰고 있는 201의 녹화 영상을 보면서 나는 가슴을 쓸어내리며 안도할 수 있었다.

201이 무엇을 쓰고 있는지 궁금해하는 것은 관리자에게 적합한 태도가 아니었다. 셀러들에게 감정 이입을 하지 않을 것. 이것이 관리자가 지켜야 할 첫 번째 의무였기 때문이다. 셀러들에게 감정 이입을 할 경우에는 문제가 매우 복잡해질 수밖에 없다. 그런 관리자들이 퇴사하는 경우는 부지기수다.

내가 왜 201의 일기장을 훔쳐봤을까? 단순한 호기심이었을까? 그 정도 규칙은 어겨도 괜찮다는 안이한 마음이었을까? 아무도 모르면 상관없다는, 가벼운 장난 같은 것이었을까?

그 당시 내 마음에 대해서는 지금도 정확히 규정하기 어렵다. 하지만 확실한 것은 내가 201이 밤마다 쓰고 있는 글을 읽었고, 그 글을 읽은 뒤 201을 사랑할 수밖에 없었다는 사실이다.

201은 어찌되었든 이 죽음의 병동에서 생명의 시작을 찾아보려고 온갖 애를 쓰고 있었다. 누구든 자신에게 말을 걸어달라는 애원을 쓰고 또 썼다. 자신의 모든 에너지를 쏟아내 그 바람을 이루어달라는 기도문을 적는 일에 온 밤을 바쳤다.

나는 그 간절한 기도문의 수신자였다. 내가 원하든 원치 않았든. 나는 201의 기도를 들은 유일한 사람이었고, 그래서 그 기도를 들어줄 신 또한 나 자신이었다. 내가 어떻게 201에게 화답하지 않을 수 있었을까?

한 달간 그녀가 책 한 권 분량의 글을 쓰는 뒷모습을 보면서 나는, 어쩌면 그녀의 편지를 읽기 전에 그녀의 마음을 다 알아버렸는지도 모르겠다. 그래서 어느 날 셀러들이 숙소를 비우고 교육을 받으러 간 날 몰래 그

들의 숙소에 들어가 201이 밤마다 꺼내는, 가죽을 흉내
낸 갈색의 합성 피혁 노트를 열어 첫 장부터 마지막 장
까지 단숨에 읽어내려갔는지도 모른다.

교육을 마치고 돌아온 201에게 나는 복귀 시간이 왜
이렇게 늦어진 건지 물었다. 셀러에게 정해진 지시 외
에 사적인 대화를 거는 것은 금지된 일이었다. 하지만
나는 스스럼없이 201에게 말을 걸었고, 201의 흐릿하
고 검은 눈망울이 일시에 흔들리는 것을 발견했다. 그
녀의 긴 기도에 마침내 신이 응답을 한 순간이었다.

"우리 중 한 명이 창밖으로 돌을 집어 던졌어요. 창문
이 깨지는 바람에 교육이 한 시간 늦어졌죠."

201이 어깨를 으쓱했다. 나에게 뭔가를 알려주어 흐
뭇해 보였다. 입사한 이후 처음으로 뿌듯한 마음이 들
었다. 내게 금지되었던 그 모든 일들이, 실은 내가 했어
야만 하는 일이었다는 걸 분명히 알 수 있었다. 물론 교
육장에서의 사고에 대해서는 이미 보고받은 뒤였다.

"기분이 어땠어요?"

201이 피식 웃었다.

"속이 후련했어요."

나도 따라 웃었다.

"난 그렇게 못하니까……."

"가끔 누군가 그렇게 해줘야겠네요."

201이 입꼬리를 올리며 가볍게 고개를 끄덕였다.

"가끔은요."

우리의 대화가 녹화되고 있다는 것을 알고 있었다. 하지만 아무 문제가 되지 않았다. 2호실의 관리자가 바로 나였기 때문이다.

나는 일기장을 읽었을 때처럼 201과 내가 대화 나누는 장면을 여러 번 반복해서 보았다. 영상 속 내 모습은 매우 즐거워 보였다. 나와 201은 마치 데이트를 하는 연인처럼 행복해 보이기까지 했다. 201의 모습은 볼 때마다 매번 다르게 느껴졌다. 불안한 것 같기도 했고, 기쁜 것 같기도 했다. 내가 먼저 말을 걸어 놀라고 당황했나 싶었는데, 다시 보니 너무 흥분해서 그러는 것 같았다.

확실한 건 그 일이 이미 일어나버렸다는 것이다. 나는 201을 사랑하게 되었다. 나는 201을 위해 내가 할 수 있는 모든 일을 하기로 마음먹었다.

나는 내게 금지된 두 번째 조항을 어겼다. 201의 진짜 이름이 궁금했던 것이다. 나는 호르몬 체인징 센터 홈페이지에 들어가서 셀러 명단을 다운받았다. 이름 이 새봄. 나이 20세. 성별 여, 가족 사항 동생 이겨울. 고아원에서 함께 자라다 15세에 동생과 함께 퇴소.

셀러에 대한 신상 정보는 너무 간략했는데, 어쩐지 미안하단 생각이 들었다. 누군가는 목숨을 걸고 이곳에 들어왔는데 성별과 나이와 가족관계 외에 기록해놓은 게 아무것도 없다니. 나는 새봄이 계속 글을 쓰기를 바랐다. 새봄이 계속 글을 쓸 수 있도록 돕는 일이 내가 해야 할 일이라고 느꼈다. 어느 순간, 관리자가 되었기 때문에 새봄을 돕는 게 아니라 새봄을 돕기 위해 관리자가 되었다고 생각하게 되었고, 그다음부터는 관리자를 직업으로 택한 것이 더 이상 원망스럽지 않았다. 나는 새봄을 도울 수 있는 위치에 있었다. 그것만으로 충분했다.

새봄

숙소가 끔찍한 이유 중 가장 최악인 것은 셀러의 미래에 희망이 없다는 점이었다. 몸이 회복되는 순간 다음 수술 날짜가 잡히니 호르몬이 정상 수치가 되는 것이 두렵다. 수술 직후의 그로기 상태에서 벗어나 어느 정도 기력을 되찾아가는 기간이 차라리 마음 편하다. 다시 수술실로 끌려갈 때까지 어느 정도 시간이 남아 있으니 안심이 된다. 되도록 느리게 몸이 좋아지기를 기도한다. 되도록 다음 수술 날짜가 늦게 잡히기를 바라며 때로 식사를 거르기도 한다.

호르몬 수술을 받을 때 나는 죽음에 가까이 간다고 느낀다. 모든 의욕이 사라지고 내가 내가 아닌 것 같다. 나는 이 세상의 것이 아닌, 누구도 아닌 무엇이 되었다가 다시 나로 겨우 돌아온다. 돌아온 뒤에 느끼는 감정은 분노다. 누군가 나를 죽이려고 했다는 불안과 공포로 가득 차 가까이 다가오는 모든 사람에게 두려움을 느낀다. 수술 전, 혹은 수술을 마친 셀러들이 의사나 간호사에게 덤벼드는 사건이 종종 일어나는 것은 그 때문이다. 셀러를 위협하는 가장 큰 고통은 인간에 대한 공포다.

그가 나를 201이 아닌 새봄이라고 불렀을 때 나는 울음을 터뜨릴 뻔했다. 물론 그건 내 이름이 아니라 언니의 이름이었지만.

그즈음에는 언니를 만날 수도 없었다. 얼굴을 마주보고 있으면 죄책감 때문에 언니는 언니대로 고통스럽고, 나도 점점 더 시들어가는 모습을 언니에게 보여주는 것이 내키지 않았다. 나는 언니에게 셀러들을 대상으로 해외에서 열리는 몸 마음 회복 프로그램에 내가 선발되었다고 알리며 1년간 면회가 불가능하다고 일러주었다. 언니는 잘됐네, 힘없이 중얼거리며 고개를 끄덕였다. 그게 거짓말이라는 것을 알면서도 내가 왜 그런 말을 하는지 알고 있는 것 같았다.

"1년은 금세 지나."

내가 언니에게 해줄 수 있는 말은 겨우 그거였다.

하루 종일 아무 말도 하지 않고 지내다 보니 정말 아무 생각도 들지 않았다. 그러다 어떤 날에는 움직일 수가 없었고, 어떤 날에는 눈을 뜰 수가 없었다. 글쓰기 프로그램에 참가하게 된 것은 관리자 L의 조언이었다. 그는 우리를 감시하면서 문제 행동을 하는 셀러들에게 적절한 조치를 취하는 일을 담당하고 있었는데, 내가 최근 우울 증상을 심하게 보이고 있다면서 새로운 일에 도전하는 것이 분명 도움이 될 거라고 충고했다. 나는 그의 말을 따랐다. 실은 나도 몹시 살고 싶었다. 죽고 싶어질수록 더욱더 살고 싶었다.

강의실에 올라가기까지는 엄청난 용기가 필요했다. 이런 상황에서 글이라고? 마음 한구석에서 코웃음이 났다. 지금 내가 그런 한가한 처지로 보이는가 싶어 관리자의 뺨이라도 올려붙이고 싶었다.

끓어오르는 부정적인 감정들을 내리누르며 한 계단씩 올랐다. 계단을 하나씩 올라갈 때마다 스스로를 비웃는 나 자신의 목소리가 나를 괴롭혔다. 스스로의 삶을 판 대가를 정당하게 받아들이라고, 글쓰기 같은 게 나에게 어울리기나 하느냐고, 비아냥거리고 비웃고 겁내고 두려워하는 마음이 좀처럼 꺼지지 않는 촛불처럼 다시 일어날 때마다 두 눈을 꼭 감고 계단을 올랐다. 강의실에 올라가자 이미 몸과 마음이 다 탈진된 상태였다. 나는 흐려지는 정신을 겨우 붙든 채 선생님의 강의를 들었다.

줄이 그어진 얇은 스프링 노트를 받았다. 나는 거기에 누군가 나에게 말을 걸게 해달라고 적었다. 머릿속이 너무 많은 생각으로 복잡해서 내가 무슨 생각을 하고 있는지 알 수 없을 정도였다. 손이 나와 별개로 움직이는 독립적인 기관이 되어 스스로 움직이고, 나는 무기력한 관망자가 되어 손이 움직이는 걸 지켜보는 기분이었다.

하지만 손이 결국 해냈다. 손은 이 무기력한 관망자에게 힘과 용기를 불어넣어주었다. 글을 다 쓰고 나면 무기력을 떨쳐버리고 얻어낸 근거 없는 희망에 가볍게 몸을 떨었다.

텅 빈 공간을 글자들로 채우는 행위는 나 자신이 기생충, 버러지, 쓰레기 같다는 느낌에서 벗어나게 해주었다. 내가 쓴 글들은 제법 아름다웠다. 나는 그 누구도 이렇게 혼자 버려지고 아무와도 연결되지 않은 채 죽어가서는 안 된다고 썼다. 누군가 나에게 말을 걸어달라고 썼을 때, 나는 자주 목을 졸라오던 두려움에서 벗어날 수 있었다. 비로소 내가 되었다. 먹고 자고 몸을 살찌워 누군가에게 호르몬을 갖다 바치는 도구가 아니라 스스로를 위해 뭔가를 할 수 있는 사람이라는 생각이 들자 갑자기 배가 고파졌다. 수술 날짜에 맞춰 몸을 회복하기 위해서가 아니라 정말로 무언가 먹고 싶어졌던 것이다.

글을 쓰기 시작한 이후로 나는 빠르게 회복되었다. 그로 인해 수술 날짜가 일주일이나 앞당겨졌다. 그 사실은 물론 나를 두렵게 했다. 하지만 이제 내게는 두렵다고 쓸 수 있는 종이와 펜이 있었다. 나는 신에게 감사했다.

나는 노트 한가득 두렵다는 말들로 채웠다. 두렵다는 말로 가득 찬 노트를 다시 읽는 것은 눈물 나게 고마운 일이었다. 드디어 내가 느끼는 것을 말할 수 있게 되었구나! 가슴이 벅찰 만큼 반가운 변화였다.

그 이전의 나는 수술 전에도 후에도, 몸이 회복될 때도 나빠질 때도, 외로울 때도 슬플 때도 아무 말 하지 못했다. 그때의 나는 매일 울고 있었지만 흐느끼는 소리를 금지당한 사람이었기 때문에 몸 전체가 눈물에 젖어 있는 것처럼 무겁기만 했었다.

하지만 이제 나는 글을 쓰는 존재가 되었다. 글자들이 눈물을 빨아들이는 모양이었다. 마음이 한결 가벼웠다.

내가 쓴 두렵다는 말들이 몹시 사랑스러웠다. 두렵다는 말은 이곳에서 나를 나이게 하는 유일한 무엇이었다. 나는 밤을 새워 글을 썼다. 오직 글을 쓸 때만이 내가 나 자신이라는 사실을 확인할 수 있었다.

예전엔 얼굴이 없어져버린 것 같다는 당혹스러운 생각이 들 때면 거울 앞으로 달려가 내 얼굴을 마주 보았었다. 여기 내가 있다! 나는 크게 소리치고 싶은 것을 참았다. 내 얼굴을 보고 나면 안심할 수 있었다. 하지만 이제는 더 이상 거울이 필요하지 않았다. 내가 누군지 알 수 없어질 때면 노트를 펼쳤다.

최근 내가 알게 된 건 누군가 내 노트를 훔쳐보고 있다는 사실이었다. 노트를 훔쳐보고 있는 사람의 핸드크림 냄새 때문이었다. 나는 꽃 알레르기가 있어서 꽃향기가 나는 핸드크림을 사용하지 않는데, 노트에서 희미한 꽃향기가 났다. 그건 누군가 내 노트를 열었다는 흔적이었다. 냄새를 맡자마자 나는 그가 누군지 단번에 알아맞출 수 있었다. 라벤더 향 핸드크림을 바르는 사람을 잘 알고 있었다. 2호실의 관리자 L이었다.

그가 내 노트를 훔쳐본다는 걸 알게 된 이후 나는 굉장한 용기를 얻었다. 누군가 내 글을 읽어주고 있다는 것, 한 번이 아니라 지속적으로 내 이야기를 듣는 누군가가 있다는 것이 든든하게 느껴졌다. 계속 쓰라는 응원으로 느껴지기도 했고, 몇 달간 아무에게도 관심을 받지 못해 무너져버린 자존감을 되살려주기도 했다.

나는 차차 관리자 L을 의식하기 시작했다. 글의 형식에 조금 더 신경을 쓰게 된 것이다.

어느 날 그가 내 이름을 불렀다. 나는 몹시 기뻐서 하마터면 소리 내어 웃을 뻔했다. 웃음이라니! 나는 숙소에 들어온 이후 한 번도 웃어본 일이 없었다. 즐겁다는 정서를 완전히 잊은 줄 알았는데 마음 어딘가에 말라붙어 있던 즐거움을 그가 떼어내 생명을 불어넣어주었다.

전에는 단순한 감정의 나열에 불과했던 노트가 조금씩 편지의 형태를 띠기 시작했다. 어느 날 나는 노트 맨 윗줄에 L에게,라고 적었다. 다음날 노트 사이에서 봉투에 넣은 편지가 발견되었다. 누군가 내게 이야기를 들려준다는 사실만으로도 넘치게 행복해졌다.

언니에게 영상 메일을 보냈다. 해외 프로그램이 예정보다 일찍 종료되어 한국으로 돌아왔다고 말했다. 언니는 말없이 눈물을 흘렸다. 그리고 다음날 나를 찾아왔다. 우리는 서로를 꼭 끌어안았다.

"작가가 될 거야."

언니의 눈이 휘둥그레졌다.

"이곳에서 다시 세상과 연결되는 일을 찾은 셈이기도 하고. 무엇보다 쓰는 게 좋아. 쓰는 동안은 내가 나라고 느껴."

니나

남자가 돌아간 뒤로도 한참 동안 아무 일을 하지 못했다. 그의 말에 따르면 나는 남자에게서 사랑하는 아내를 빼앗고 두 아이에게서 엄마를 빼앗은 가족 파괴범이었기 때문이다. 윤석진은 내게 그렇게 말하지 않았다. 그는 내가 무너져가는 한 가정을 뒷받침해주는 지원자에 가깝다고 설명했다. 둘 다 맞는 이야기다. 그중하나가 틀린 것은 아니다. 문제는 내가 이우재의 얼굴을, 명진아의 남편을 직접 만났다는 데 있었다.

내가 명진아에 대해 생각하지 않았던 것은 아니다.

오히려 자주 생각했다. 물론 그 생각은 체계적이고 사려 깊다기보다 강박적이고 반복적인 습관에 가까웠다. 명진아에게 내가 몹쓸 짓을 저지른 것은 아닐까 하는 불안과 의심이 마음속에서 일어나면, 뒤이어 이 일이 명진아의 선택이며 내 돈 덕분에 명진아의 가족들이 경제적으로 넉넉한 생활을 하고 있다는 변명과 합리화가 뒤따랐다. 혼란스러울 때면 나는 윤석진에게 명진아 가족의 일상 영상을 보내달라고 요청했다.

바이어가 셀러의 일상을 24시간 확인하는 일은 이제 금지되었다. 프라이버시 침해 문제를 내세우며 병원 측에서 셀러들의 서명을 받았고, 요청이 받아들여져 조항을 삭제했지만 그것은 사실 바이어들을 위한 조항이었다. 셀러의 일상을 지켜보는 것이 바이어들의 정신 건강에 좋지 않은 영향을 미쳤기 때문이다.

수술이 셀러의 건강에 커다란 영향을 미치지 않는다는 약속과 달리 그들은 거의 일상을 누리지 못했고, 바이어들은 죄책감에 시달려야 했다. 셀러들은 대개 누워서 지냈다. 누워 있기보다는 죽어 있는 쪽에 더 가까웠다. 몸 상태가 어느 정도 회복된 뒤에도 정신적인 문제

호르몬 체인지

행동을 보이는 경우가 대다수였다. 바이어들은 불편한 감정을 거부하고 싶어 했으므로 셀러의 일상을 언제든 확인할 수 있다는 조항을 삭제해달라고 요구했다.

나는 다른 바이어들과 달리 그 권리를 내려놓고 싶지 않았다. 잔디처럼 명진아가 어느 날 갑자기 사라지지 않을 거라고 안심할 수 없었기 때문이다. 잔디의 사망으로 인해 나는 어느 날 내 셀러가 신변에 위협을 당해 죽을 수도 있다는 가능성을 늘 염두에 두게 되었다. 가끔은 이런 내 삶이 저주받은 몹쓸 것으로 느껴지기도 했다.

내가 연장하고 싶었던 삶은 이게 아닌데 하는 생각이 들면, 당장 오늘이라도 생명 연장을 멈추고 죽어버리고 싶었다. 일시에 닥칠 죽음이 두려워 당장 죽기를 원하는 이상한 상황에 놓인 채 나는 온갖 부정적인 감정을 오래된 연인처럼 습관적으로 껴안고 부들부들 떨었다.

잔디의 죽음이 나와 관련이 없다고 매일 중얼거려야 했다. 물론 잔디는 내게 호르몬을 팔았어도 죽었을 것이고 팔지 않았어도 죽었을 것이다. 그 사실은 분명하다. 하지만 문제는 잔디가 내게 호르몬을 판 상태에서 죽었다는 사실이다. 나는 어떤 형태로든 잔디와 연관되어 있었다.

나는 나 또한 그 살인 사건으로 인한 피해자라고 생각했고, 얼굴을 알지 못하는 누군가를 향한 분노를 느꼈다. 그런데 명진아의 남편이 나타나면서 상황이 뒤바뀌었다. 그가 나를 바라보는 눈빛, 그것은 종종 잔디를 죽인 누군가를 떠올리며 거울을 보는 내 눈빛과 정확히 같은 것이었다.

그는 마치 내가 자기 아내를 죽였다는 듯이 굴었다. 이우재가 나에게 감사하고 있다고 했던 윤석진의 이야기가 모조리 거짓이었던 것이다. 명진아의 아이들이 나에게 쓴 감사 영상 메일은 조작된 것이었다.

"내 아이들은 매일 밤 엄마를 찾으며 울어요. 둘째는 우울과 불안 증세를 보이고 있습니다. 당신은 우리 가정을 박살냈어요!"

이우재의 외침이 귓속에서 지워지지 않았다. 그가 새로운 셀러를 찾아내면 명진아를 돌려보내주겠다고 말한 건 나 자신을 위한 것이었다.

잔디의 경우에는 운이 좋았던 것일까? 더 운이 나쁜

건 사정이 복잡한 셸러와 연결되는 일이다. 셸러의 가족들이 수술을 반대하는 경우 말이다. 셸러들을 숙소에 입원시킨 뒤 불의의 사고로부터 서로의 생명을 지킬 수 있게 되어 안심하게 된 게 얼마 되지 않았는데, 이제는 엉뚱하게 살인자 취급을 당해야 하다니 다시 사는 이 생이 너무 가혹하게 느껴졌다.

나는 내 이야기에 누군가 공감해주길 원했다. 내 편이 되어줄 누군가가 필요했다. 나와 같은 상황에 놓인 사람과 딱 한 시간만이라도 좋으니 대화를 나누고 싶었다. 그러면 이 복잡한 생각의 굴레에서 벗어날 수 있지 않을까?

바이어들은 대부분 자신이 호르몬 체인징 수술을 받았다는 걸 밝히지 않는다. 나 또한 그랬다. 그럴 필요가 없었기 때문이다. 하지만 살인자로 살기 위해 위험한 수술을 감행한 것은 아니다. 나는 내 삶을 지킬 의무가 있다. 나는 이우재가 내게 던진 오명을 벗기 위해서라도 호르몬 체인징 수술을 받은 다른 누군가를 찾아야만 했다.

한동안 낮에는 밖에 나가지 않았다. 어디선가 이우재

가 나타나 내게 살인자라고 소리칠 것 같았다. 이우재와 비슷한 체격의 누군가가 지나가기만 해도 적의를 느꼈다. 나중에는 길거리에 있는 모두에게서 이우재를 떠올릴 만한 무언가를 발견했다. 아무도 쳐다보고 싶지 않았다. 지나가는 사람의 인상을 확인하기 어려운 으슥한 밤에만 외출했다. 조명이 어둡거나 칸막이를 친 1인용 음식점이나 술집만 출입했다.

나와 같은 처지의 바이어를 찾는 일은 그다지 어렵지 않았다. 바이어들만의 커뮤니티가 있었다. 그들 중 몇몇은 교제를 하거나 친교를 맺고, 때로는 그룹을 만들어 함께 어울리고 있었다. 바이어들의 만족도가 99퍼센트에 육박한다는 윤석진의 말은 거짓이었다. 나는 그를 믿었고 그의 말대로 내가 행복하다고 믿었다. 하지만 내가 직접 바이어들을 만나 확인한 사실은 그들 대부분이 불행한 삶을 산다는 것이었다.

셀러들이 자신의 상황을 알리고 구제를 원하는 것과는 달리, 바이어들은 자신의 불행을 알리고 싶어 하지 않았다. 셀러들의 불행은 눈에 보이는 것이었지만 바이어들의 불행은 눈에 보이지 않는 것이었기 때문이다.

심지어 사람들은 우리를 부러워했다. 우리가 인간으로서 누릴 수 있는 최상의 것을 누리고 있다고 여겼다. 그런데 만약 바이어가 불행하다고 고백한다면 어떤 일이 일어날까?

바이어들의 모임에 첫발을 내딛기 전, 나는 모임 주최자로부터 간단한 설명을 들었다. 이곳에서는 우리가 바이어라는 사실 외에 개인 정보를 묻지도 말하지도 않는다는 것, 공식 모임이 아닌 외부에서 마주쳤을 때는 알은척을 하지 않는다는 것 등이었다. 조심해야 할 일도 미리 일러주었다. 바이어라고 속이고 모임에 참석하는 재이교도들을 조심하라는 거였다. 자신의 정체를 밝히지 않은 채 접근해서 우리의 정신을 갉아먹는 이들이라고 했다.

"어떤 식으로요?"

"재이교도들은 바이어들의 죄책감을 이용해 스스로 삶을 포기하도록 유도해요. 그들은 사람의 마음을 편안하게 하는 매력을 갖고 있죠. 하지만 그 편안함은 무시무시해서, 나중에는 스스로를 파괴하고 싶어지게 된답니다. 셀러에게 삶을 되돌려주고 죽음을 택한 바이어들

의 곁에는 언제나 재이교도들이 있었어요."

"무시무시한 편안함이라고요?"

"우리들은 물질적으로 이미 모든 것을 누리고 있으니까 물질적 측면에서는 매우 강인한 존재죠. 바이어들의 취약점은 심적 고통이에요. 그런 우리의 취약점을 건드리는 거죠. 우리가 정신적 측면의 부유함마저도 가질 수 있다고 유혹하면서요. 그들은 그런 식으로 우리가 가지고 있는 걸 모두 포기하게 만들고 마침내 삶마저도 내어놓게 할 거예요. 조심하세요. 처음에 당신은 분명 그들에게 이끌릴 거예요. 매력적으로 보이는 이들을 만나면 일단 피하세요. 되도록 당신과 비슷하게 외롭고 고통스럽고 불안하고 두려움에 떠는 자들과 어울려요. 그 편이 훨씬 더 안전할 겁니다."

첫 모임의 날짜와 장소를 공지받고 일주일 동안 설레어 잠을 잘 이루지 못했다. 나를 괴롭혀온 공포와 불안, 죄책감, 강박 같은 고통 중에 가장 큰 고통이 외로움이었다는 걸 깨달았다. 아무에게도 내가 바이어라는 걸 밝힐 수 없다는 현실, 내가 바이어라는 사실을 밝혔을 때 딸이 내게 보인 반응 등이 영화처럼 되살아났다. 딸은 나를 부끄러워했다. 나는 단지 젊어졌을 뿐인데 다신 자기를 찾아오지 말라고 소리쳤다. 나를 괴물 보듯 하던 딸의 눈빛을 분명히 기억하고 있다.

이제 나를 자연스럽고 편안한 시선으로 바라봐줄 누군가를 만나게 된다고 생각하니 심장이 뛰었다. 베이지색 바지에 노란색 스웨터를 꺼내두었다. 가장 먼저 마음이 잘 맞는 동성 친구를 사귀고 싶었다. 그녀가 나와 동갑이라면 좋겠다. 두서넛 위나 아래도 나쁘지 않겠지만.

상지

 고개는 살짝 숙이고 어깨는 잔뜩 긴장을 한 채 사람
들의 대화보다 술잔에 더 집중하는 모습에, 그녀가 오
늘 처음 모임에 나왔다는 걸 알 수 있었다. 옆 좌석에
핸드백을 올려놓고서 온 더 록을 세 잔째 비우는 동안
아무와도 알은척을 하지 않는 걸 보면 매일 밤 혼자 술
을 마시다 결국 사람이 그리워져 이곳을 찾은 게 분명
하다.

 대부분의 바이어들은 수술 후 가장 먼저 연애를 한
다. 그리고 그 연애에서 불만족을 느낀다. 신체가 젊어

졌을 뿐 바이어들의 영혼은 여전히 노인인데, 자기보다 50살 정도 어린 남자와 나누는 대화가 즐거울 리 없다. 손자뻘 되는 애송이와 연애를 하는 것보다 서로의 처지에 공감하며 대화를 나눌 수 있는 또래와 어울리는 편이 낫다고 생각하면 나이가 든 쪽을 흘끗거리게 되는데, 이번에는 그들의 늙은 몸이 성에 차지 않는다. 자신도 불과 며칠 전에는 탄력 잃은 피부와 흐릿한 눈동자로 세상을 두리번거렸지만, 늙은 몸과 처진 피부는 잊은 지 이미 오래다. 결국은 자기 자신과 비슷한 사람을 찾기 마련. 바이어들은 바이어들을 만나고 싶어 한다. 바이어를 가장 잘 이해할 수 있는 사람은 바이어니까.

물론 나는 여전히 바이어들이 한순간의 판단착오로 잘못된 생을 이어가고 있는 어리석은 부류라고 생각한다. 나이 든다는 것은 축복이다. 노인은 자기가 산 생만큼의 지혜를 터득하고 있다. 피부가 거칠어지고 시력이 나빠지고 이가 빠지는 일은 다시 땅으로 돌아가기 위한 준비 과정일 뿐 이겨내야 할 질병이 아니다. 노화를 혐오하게 만들어 젊음을 팔게 하는 호르몬 체인징 수술은 의학계에 돈만 벌어다 줄 뿐 인류에게는 아무런 도움이

되지 못한다. 도움은커녕 제 삶을 살아야 할 젊은이들의 생을 통째로 앗아가는, 이기적이고 콧대 높은 의학 기술의 몹쓸 진보다. 호르몬 체인징 수술로 인해 나는 어머니를 잃었다.

나는 바이어들을 교화하려는 목적을 가지고 이곳에 왔다. 나는 바이어인 척 접근해 그들의 가장 가까운 친구가, 때로는 연인이 된다. 그들이 나 없이는 일상생활이 불가능해질 정도로 의존해오면 그때 그들에게 교리를 설파한다.

확률은 언제나 반반이다. 자신에게 접근한 목적이 그거였냐면서 화를 내고 절교를 선언하거나, 내가 리드하는 대로 순순히 재이교에 입문하거나. 재이교에 입문하더라도 관계를 계속 유지하는 경우는 드물다. 나는 또다른 바이어와 관계를 시작해야 하기 때문에 아무래도 소원해지기 마련이다. 나와의 관계에 만족하지 못한 바이어는 재이교도 중 전도의 길을 택하지 않은 다른 재이교도를 만난다.

신도로서 충실한 삶을 살게 되면 대부분의 바이어들은 더 이상 수술을 택하지 않고 자연스러운 죽음을 맞는다. 그런 이유로 바이어 집단에서 재이교도는 바이러스 취급을 당한다.

재이교도를 만난 바이어가 죽음을 선택한다는 단순한 이유로 그들은 우리를 두려워한다. 하지만 인간이 죽음을 맞는 건 신의 섭리일 뿐 누군가를 두려워할 이유는 되지 못한다. 인간이 죽음을 맞지 않으려고 한다는 것, 그것이야말로 진짜 두려워해야 하는 일이 아닐까?

바이어들에게 발각되면 모임 장소에서 퇴출되는 것이 수순이기 때문에 전도자들은 계속 얼굴을 바꾼다. 사람에 따라 몸의 특징을 기억하고 있는 경우도 있기 때문에 전신 성형을 받거나 운동이나 식이요법을 통해 신체 사이즈를 조절하기도 한다. 화장품과 향수, 헤어스타일, 입던 옷을 모두 교체하는 건 기본이다.

2045년 3분기의 나는 동그란 얼굴형에 하얀 피부, 이마가 넓고 눈가가 긴 부드러운 인상으로 성형하고, 쇼트커트에 곱슬거리는 펌을 해 활발한 느낌으로 스타일을 바꾸었다. 2분기에는 태닝을 하고 긴 머리에 원피스를 즐겨 입으며 강한 플로럴 향수를 사용했기 때문에 분위기를 전환할 필요가 있었던 것이다.

새로 바꾼 외모에 적응하는 데 스스로도 시간이 필요했다. 얼마 전까지만 해도 큰 목소리에 누구에게도 반말을 쓰지 않는 깍듯한 성격을 유지해와서 하루아침에 털털해지기란 쉽지 않았다. 테니스를 시작했고, 거기서 만난 친구의 말투를 녹음해 외국어를 익히듯 반복해서 연습했다. 늘 허리를 꼿꼿이 세우고 앉았던 2분기의 나와는 달리 3분기의 나는 줄곧 고개를 끄덕이며 음악이 나오면 언제라도 어깨를 흔들 준비가 되어 있는, 흥이 많은 사람이었다.

나는 네 번째 온 더 록을 비우고 있는 노란색 스웨터에게 다가가 옆자리에 앉아도 되겠느냐고 물었다. 그녀는 재빨리 핸드백을 치우고 고개를 끄덕였다. 단발머리의 손끝이 가볍게 떨렸다. 나쁘지 않은 징조였다.

"이름이 뭐예요?"

"니나."

"내 이름도 물어봐줘요."

"이름이 뭐예요?"

"온 더 록 한 잔 시켜주면 알려줄게요."

니나가 바텐더에게 온 더 록 한 잔을 주문했다. 나는

평소 온 더 록을 즐기지 않지만, 이런 데서는 같은 걸 마신다는 이유만으로도 쉽게 친근감을 느낄 수 있기 때문에 그렇게 말했다. 주문을 하는 니나의 옆얼굴을 보니 싫지 않은 눈치여서 조금 안심이 되었다. 아무리 연습을 많이 하고, 마음에 들기 위해 노력하고, 나를 내려놓고 상대에게 맞추려 든다고 해도 사람의 일이란 계획한 것처럼 되지 않는다. 끌림은 신의 영역이다. 끌림과 무관하게 우리는 맞거나 맞지 않다. 맞는 사람에게 접근하는 것. 이것은 전도자의 영역이다.

니나는 쉽게 내게 마음을 주었다. 이런 경우 전도자들은 교만해지기 마련이다. 마음을 놓고 있다가 뒤통수를 맞는 경우도 있기 때문에 늘 긴장해야 한다. 좋아하는 것을 좋아한다고 말하지 않는 것, 싫어하는 것을 싫어한다고 말하지 않는 것이 가장 중요하다.

상대에게 가능한 한 취향이 비슷하다고 느끼게 하는 일은 매우 중요하다. 나는 니나가 눈을 마주치면서 말하면 같이 눈을 빛내고, 보디랭귀지를 섞어서 말하면 따라서 그렇게 했다. 내가 너무 친하게 구는 바람에 불편해하는 기색이 보이면 바로 팔짱을 끼거나 딴 데를

보고, 지나가는 사람을 흘끗거리면 몸을 뒤로 젖혀 안정감이 들게 했다.

니나가 건너편에 걸린 그림에 오래도록 시선을 주었다. 나는 재빨리 다음 주에 국립미술관에서 던컨 한나의 전시회가 열린다는 걸 기억해냈다.

"던컨 한나 좋아해요?"

니나가 고개를 끄덕였다. 외로운 사람 치고 던컨 한나를 싫어하는 사람은 없었다. 나는 새로운 바이어를 사귈 때마다 매번 던컨 한나 전시를 보러 갔다. 그림을 보면 바이어들은 외로운 자신의 상황에 감정 이입을 했고 그런 날에는 자신의 이야기를 들려주고 싶어 했다. 거기까지 성공했다면 거의 재이교에 입문하기 직전이라고 보면 되었다. 나는 예술고등학교의 미술과를 졸업했는데, 예고 졸업자의 수준으로도 일반인들을 만족시키기엔 충분했다. 함께 미술관에 다녀오는 것만으로도 나에 대한 호감도가 높아졌다.

나는 니나가 고개를 끄덕이는 순간 실망이야,라고 내뱉을 뻔했다. 내심 속으로는 상대가 던컨 한나라니, 생각했던 것보다 촌스러워, 하며 어깨를 으쓱해주기를 바라고 있었던 것이다. 나는 정신을 차리려고 입술을 깨물었다. 전도자는 절대로 마음을 드러내서는 안 된다. 공식대로 바이어가 움직여주었을 때 안도가 아닌 실망감이 드는 건, 상대에게 뭔가를 기대하고 있다는 뜻이다. 제기랄, 어디서부터 잘못된 거지? 나는 니나에게 급한 연락이 와서 오늘은 먼저 일어나보겠다고 말했다.

나는 본부에 즉시 이 상황을 알리고 니나에게 다른 전도자를 인도해야 했다. 하지만 그날은 클럽을 나와 본부에 복귀한 뒤 퇴근까지 한 시간 반이나 남아 있는데도 불구하고 그럴 마음이 들지 않았다. 노란색 스웨터를 입고 다리를 떨고 있던 그 여자가 자꾸 떠올랐다. 그녀가 궁금해지고 말았다.

나는 본부에 사실을 고백하는 대신 니나에게 메시지를 보냈다. 다음 주 전시회 티켓을 예매해둘 테니 날짜를 정하자는 내용이었다. 메시지를 보내고 나자 다시 후회가 밀려들었다. 이러다 망하는 수가 있었다. 전도를 하는 과정에서 바이어와 사랑에 빠진 전도자들이 탈교하는 일이 종종 있었다. 나는 다시 어머니를 떠올렸다. 너는 내 어머니의 삶을 송두리째 빼앗고 우리 가정의 행복을 앗아간 이들을 사랑할 텐가? 나는 세차게 고개를 저었다.

나는 마음을 다잡고 클럽에서 있었던 일들을 보고했다. 그때, 니나에게서 '9월 27일 오후 2시'라는 메시지가 도착했다.

"9월 27일 오후 2시, 국립미술관 입구에 2045년 3분기의 제 모습으로 다른 전도자를 투입해주실 것을 요청합니다. 저는 이것으로 이번 분기 활동을 마치고 신체 변경 기간에 들어가겠습니다."

나는 패션잡지를 꺼내 4분기의 상지를 어떤 외모와 어떤 성격으로, 어떤 취미와 어떤 가치관을 가진 사람으로 세팅할지 구상하기 시작했다. 다시 클럽으로 돌아가 그 노란 스웨터를 만나고 싶었다. 하지만 나에게는 사랑보다 더 중요한 임무가 있었다.

한 명이라도 더 많은 바이어들을 만나 그들을 죽음으로 인도하는 것. 그것이 내 삶이었다.

지안

나는 상지와 키와 몸무게가 비슷하다는 이유로 니나의 상대가 되었다. 니나를 만난 상지가 마음이 흔들렸다는 이야기를 듣자 어쩐지 더 긴장이 되었다. 비슷한 상황을 반복하지 않기 위해서는 마음을 단단히 먹어야 할 것 같았다. 하지만 막상 니나를 만나자 조바심이 사라졌다. 니나는 내가 사랑을 느낄 만한 사람이 아니었다. 그래도 마음을 놓지는 않았다. 감정이라는 것은 때로 나 자신의 의지를 넘어서기도 하니까.

니나와 나는 쉽게 가까워졌다. 니나는 모임이 처음이

었고, 내가 아닌 그 누구에게라도 마음을 열 준비가 되어 있다는 듯 굴었다. 성격이 급한 걸지도 몰랐다. 처음 만난 날 저녁 나를 자기 집으로 데리고 갔고, 자기에 대한 이야기를 모조리 쏟아놓았다. 니나는 사람을 처음 만난 것처럼 흥분해 있었다.

자정이 넘어가는 시간인데도 니나가 나를 집으로 돌려보낼 생각을 하지 않는 것 같아 우울해졌다. 나는 잠을 푹 자지 못하면 굉장히 신경질적이 되기 때문에 상황이 좋지 않게 흘러간다고 느꼈다. 하지만 바이어가 먼저 헤어지자고 제안하기 전에 전도자가 자리를 뜨는 것은 금지되어 있었다. 이러다 밤을 새는 수도 있겠다고 생각하니 한숨부터 나왔다.

니나는 졸린 기색이라고는 전혀 없었다. 심지어는 술을 마실수록 정신이 점점 더 맑아지는 것 같았다. 흥분한 기색이 역력했다. 내 기분까지 살필 여유는 기대하기 어려웠다.

"내가 그동안 얼마나 끔찍한 생활을 했는지 알아? 내가 호르몬 수술을 받았다는 사실을 말하지 못하고 그냥 스무 살인 척, 서른 살인 척하는 생활로 다시는 돌아가고 싶지 않아!"

니나는 소파에 기대 앉아 게리 멀리건의 〈Tell Me When〉의 리듬에 맞추어 발끝을 까닥거렸다.

"수술을 받았지만 진짜 스무 살이 될 수는 없다는 사실을 아프게 깨달은 거야. 난 그냥…… 스무 살인 척하는 칠십 노인이었을 뿐이라고. 하지만 너랑 있으니 진짜 내가 된 것 같아. 스무 살도 아니고, 스무 살인 척하는 일흔 살 노인도 아니고, 몸은 이십대 영혼은 칠십대인 그런 사람. 모순투성이에 복잡하고 몸과 영혼이 일치되지 않은 혼란한 나 자신 그대로의 내가 된 것 같아. 이렇게 마음이 편할 수가! 내가 왜 그동안 스무 살짜리 친구들을 찾아 헤매었을까? 어리석은 짓이었어. 진작 이 모임을 알았다면 밤새 끙끙 앓으며 잠을 설치는 일은 없었을 텐데!"

니나의 눈에서 눈물이 흘러내렸다. 니나는 소매 끝으로 눈물을 닦아내고 나를 향해 씩 웃어 보였다. 내가 그녀의 아주 오랜 연인이나 친구라도 되는 듯 친밀감을 담은 눈빛이었다. 한순간 미안한 감정이 스쳐 지나갔다. 내가 그녀의 감정을 이용하는 것은 맞지만, 그녀도 나중에는 지금 이 순간의 거짓을 용서하게 되리라. 생의 모든 순간이 진실할 수는 없다. 어떤 거짓된 순간을 지나침으로써 도달하는 진실이 있기 마련이다. 결국 니나가 마지막 진실에 도달하기까지 나 자신이 그녀의 안내자로서 충실한 역할을 해낼 수 있기를 바랄 뿐이었다.

속도를 더 늦출 필요가 없다는 사실을 깨달은 나는 소파 쪽으로 천천히 걸어가기 시작했다. 니나가 조금이라도 멈칫하거나 망설이거나 어깨를 움츠리는 행동을 보이면 건너편 소파에 앉을 것이고, 아니라면 니나의 옆자리로 갈 생각이었다. 니나는 부담스러워하기는커녕 활짝 웃으며 내게 안겼다. 우리는 다정하게 키스를 나누고, 킹 사이즈 침대에 나란히 누웠다.

니나가 내 손을 잡았다. 마치 아무것도 모르는 어린 아이가 한 톨의 의심도 없이 자기 엄마의 손을 잡는 것처럼. 나는 니나의 손에서 전해지는 그 순진한 에너지에 죄책감을 느꼈다. 흔들리지 않기 위해 니나의 손을 꼭 붙들었다. 니나가 즐거워하는 것이 느껴지자 마음이 더 괴로워졌다.

나는 곧 너를 죽게 만들 거야. 그렇게 순진한 미소를

짓는 건 곤란하다고. 내 마음이 복잡해지잖아.

니나는 금세 잠이 들었고, 나는 신이 너무 가혹하지
는 않다는 점에 감사하며 침대에서 일어났다. 레몬색의
얇은 리넨 이불을 어깨까지 덮어주고, 불을 끄고, 방에
서 나와 잠시 베란다에 서서 창밖을 보았다.

노인이 없는 세상이란 젊은 사람인 척해야 하는 노인
들이 속으로 울고 있는 세상이기도 했다. 나는 매번 그
들의 눈물을 닦아준다. 하지만 나는 그들의 편이 아니
다. 그들은 한편으로 내게 가장 친밀한 존재였지만 다
른 한편으로는 지구상에서 사라져야 할 존재였다. 니나
에게 감정 이입을 하게 될까봐, 나는 다시 한번 재이교
도의 기도문을 마음속으로 되뇌었다.

나는 그들에게 최대한 가까이 가되 그들을 절대 사
랑해서는 안 되었다. 내가 사랑하는 건 그들로 인해 생
명을 잃은 수많은 젊은 사람들이었다. 니나가 칠십대의
정신으로 스무 살짜리의 거짓된 삶을 연기해야 했던 자
기연민에 번민하고 있을 때, 이십대를 채 살지 못한 수
많은 청년들이 죽어가고 있었다.

"뻔뻔하군."

나도 모르게 욕이 튀어나왔다. 나는 입술을 꾹 다물었다. 진실을 말해서는 안 된다는 점에서, 나는 니나와 비슷한 처지에 있었다. 하지만 나는 그 점에 대해 불만스러워하지 않는다. 내가 바이어에게 접근해서 그의 마음을 얻는다면 억울하게 죽어가는 다른 생명을 살릴 수 있기 때문이다.

"당신들은 참 욕심이 많구나."

이번에는 입술을 꾹 다무는 대신 주먹을 쥐었다.

형은 고작 스무 살이었다. 셀러들은 연인을 만나본 적 한 번 없이 감옥 같은 숙소에 갇힌 채 죽어가고 있는데, 바이어라는 작자가 이런 호화로운 주택에 살면서 늘어놓는 푸념이 한없이 야속하게 느껴졌다. 그 옆에서 장단을 맞춰주는 나 자신도 한심스럽기는 매한가지였다.

내가 지금 형의 곁에 있다면 얼마나 좋을까? 지금 니나가 누워 있는 침대에 형이 누워 있다면, 니나가 앉았던 소파에 형을 앉힐 수 있다면. 형과 함께 도란도란 이야기를 나누며 밤을 지새울 수 있다면 참 행복할 텐데.

담뱃갑을 꺼냈다가 니나가 싫어할 것 같아서 도로 주머니에 넣고 소파에 앉아 와인을 한 잔 더 마셨다. 절대

술에 취하지 않을 것. 바이어가 싫어하는 행동을 하지 않을 것. 바이어가 집에 초대하는 경우에는 최대한 오래 그 집에 머물 것. 내가 지켜야 할 규칙들을 머릿속으로 되뇌며, 나는 건너편 소파에 형이 앉아 있다고 상상해보았다.

"형은 나를 위해서 그곳에 있다지만 형이 없는 세상은 내게 아무 의미가 없어."

상상 속의 형이 희미하게 웃었다.

"다른 누군가가 형과 같은 선택을 하지 않도록 하는데 내 인생을 다 걸 거야."

형이 고개를 떨구었다.

알고 있다. 형은 내가 그저 평범한 삶을 살기를 바랐고, 그래서 기꺼이 감옥행을 선택했다. 하지만 나는 형의 선물을 받을 수 없었다. 나는 형에게 삶을 돌려줄 수 없었으므로, 형이 아닌 누군가에게라도, 그가 삶을 포기하지 않도록 뭔가를 하지 않고는 견딜 수 없었다. 나는 청년들이 셀러로 사는 것을 막을 수 있다면 무슨 일이든 할 작정이었다.

니나

이게 사랑일까? 나는 이제 아무도 원망하지 않는다. 나는 모두를 용서했다. 그리고 단 한 사람을 용서할 수 없게 되었는데 그건 바로 나 자신이었다.

딸이 왜 나에게 그렇게 매몰차게 굴었는지에 대해서 더 이상 골몰하지 않는다. 거짓 연기를 해야 했던 내 젊은 친구들에게는 오히려 미안한 마음이 든다. 내가 떠나온 나이 든 친구들이 그립고, 또 누구보다 지안에게 고맙다. 그는 나에게 세상을 보는 다른 시각을 일깨워주었다. 다른 사람들을 사랑하는 방법도 알려주었다.

하지만 더 많은 사람들을 사랑할 수 있게 된 대가로 나는 나 자신을…… 잃어버리고 말았다. 나는 이제 삶을 고민하지 않는다. 어떻게 하면 더 건강하고 더 젊고 더 아름답고 즐겁게 살 수 있는지 알려고 들지 않는다. 나는 이제 어떻게 죽을 것인지에 대해 고민한다.

나는 윤석진에게 전화를 걸어 더 이상 호르몬 체인징 수술을 받지 않겠다고 말했다. 그는 당황하는 눈치였다.

"수술을 받지 않으면, 그다음에는 어떻게 되는 겁니까?"

"그다음에 대해서는 당신이 더 잘 알고 있겠지요."

수화기 너머로 침묵이 흘렀다.

"다음 주가 추석이죠? 즐거운 명절 보내시길 바랍니다."

그는 한참 망설이다가 내게도 덕담을 건넸다.

"마지막 명절에 대해서 오래 고민했어요. 딸이 허락한다면 그 애를 만나고 싶어요. 하지만 딸에게 그런 걸 요구하는 게 지나친 이기심이라는 걸 깨달았죠. 누가 자기보다 스무 살이나 어린 엄마와 마주 앉고 싶어 하겠어요? 난 그냥 나 자신이 늙도록 내버려두어야 했어요. 가족을 버리고 젊은이 행세를 하며 내가 얻은 건 그저 거짓된 삶일 뿐이었으니까요. 내가 왜 이런 얘기를 당신에게 하는지는 잘 알고 있겠죠?"

"네, 알 것 같습니다. 하지만 이건 제 직업입니다. 저는 이 일을 해서 그저 평범한 삶을 하루하루 이어나가고 있는걸요."

"누군가를 어리석음과 죄악으로 몰아넣으면서요?"

나는 그에게 화를 낼 뻔했다. 입술을 꼭 깨물며 마음을 누그러뜨렸다. 이 상황이 정말 그의 탓일까? 그가 내게 의도적으로 접근해 호르몬 체인징 수술을 받도록 권한 것은 사실이지만, 최종적으로 이 삶을 선택한 건 다른 누구도 아닌 나다.

"책임은 내가 져야 하겠죠. 하지만 당신에게 내 삶이 비참했다는 말만은, 그리고 후회한다는 이야기는 꼭 전하고 싶어요. 나이 든 사람들을 그냥 나이 들도록 내버려둬요. 그리고 청년들이 자기 삶을 누릴 수 있도록요."

수화기 너머에서는 아무 대답도 돌아오지 않았다. 나는 윤석진 개인에게 이런 말을 하는 것이 어떤 의미도 되지 못한다는 것을 잘 알고 있었다. 하지만 아무 말도 하지 않고 떠나자니 마음이 몹시 불편했다. 뭔가 하지 않고는 견딜 수 없었다.

지안은 매일 나를 찾아왔고 그 일만은 내 인생에 큰 위로가 되었다. 그를 만나지 못했다면 나는 어떻게 되었을까? 연장된 젊음을 만끽하고 사소한 불편함에 푸념을 늘어놓으며 반성 없이 어리석은 나날을 보냈겠지. 그러다가 욕심 많고 어리석은 얼굴로 죽음을 두려워하며 벌벌 떨고 있었을 것이다.

지안과 나는 요즘 죽음에 관한 스터디에 참여하고 있다. 연인이 된 후에 호르몬 체인징을 그만두기로 한 몇몇 커플이 나와 지안 말고도 더 있었다. 우리는 매주 목요일 저녁 7시에 만나 죽음에 관한 책을 읽고, 글을 쓰고, 토론을 했다.

그 무렵 나는 레베카 벡이라는 비평가의 글에 흠뻑 빠져 있었다. 그녀는 노인 혐오에 대한 다양한 저작들을 남기고 강연을 하다가 자신의 장례를 조장鳥葬으로 치를 것을 유언으로 남긴 채 2035년에 세상을 떠났다. 두 딸은 그녀의 유언대로 그녀의 육신이 새의 먹이가 되도록 두었다. 나는 그토록 멋진 마지막을 상상해본 적이 없었다. 나는 왜 늙는 것과 죽는 것을 두려워했을까? 왜 흙과 벌레를 두려워했을까? 죽은 후의 나는 더이상 땅속에 머물지 않을 텐데!

"유언장을 쓸 생각이에요. 내 장례식에 대해서. 딸에게는 연락하지 않을 작정이에요. 그 앤 내 소식을 듣고 싶어 하지 않을 테니까. 난…… 내게 호르몬을 뽑아주느라 반죽음이 된 두 아이의 엄마에게 내 재산의 절반을 물려주겠어요. 그리고 내게 죽음에 대한 성찰을 허락한 재이교단에 나머지 절반을 기부할 생각이에요."

건너편에는 주희와 승윤 커플이 앉아 있었다. 그들도 지난주로 예정되어 있었던 호르몬 체인징 수술을 멈추었고, 그 대가로 일주일 새 몰라보게 늙어 있었다.

지안은 나이 든 모습조차 아름다웠다. 청년의 패기와 당당함, 자신만만함도 멋졌지만 노인이 된 지안은 현명하고 느긋하고 여유가 있었다. 나는 그를 더욱 신뢰할 수 있었다. 지안이 천천히 입을 열었다.

"자기 탓만 할 건 없습니다. 이 세상이 당신을 그렇게 세뇌시킨 것뿐이니까요. 만약에 잘못이 있다면 이 사회 탓이겠지요. 모두가 젊음을 찬양하고 광고하는데 무슨 수로 나이 듦을 긍정할 수 있겠습니까? 우린 그저 운이 좋은 쪽에 속한 사람들일 뿐이죠."

승윤이 고개를 끄덕였다. 주희가 승윤의 어깨에 기댔다.

나도 지안의 손을 잡았다. 지안이 나를 안심시키려는 듯 내 손을 꼭 쥐었다. 실은 두려웠다. 그건 아마 본능적인 두려움일 것이다. 감정이 밀려올 때는 레베카 벡의 책을 읽으며 명상 음악을 들었다.

그래도 견딜 수 없어지면 지안에게 전화를 걸었다. 나는 지안이 무엇을 하며 생의 마지막을 견디고 있는지 궁금했다. 그는 평소와 다를 것 없는 날들을 보낸다고 했다. 책을 읽고, 차를 마시고, 청소를 하고, 가끔 지인들과 통화를 한다고 했다.

그가 나보다 먼저 떠나는 게 내가 상상하는 최악의 상황이었다. 그것만은 자신이 없었다.

"약속할게. 나는 당신보다 먼저 떠나지 않아. 당신을 무사히 보낸 뒤에 눈을 감을 거야."

나는 지안의 말을 굳게 믿었다.

"내게 많은 시간이 남아 있지 않은 것 같아. 숨이 차고, 어지럽고, 생각을 할 수 없이 멍한 상태가 자주 찾아와. 어제는 잠시 쓰러졌다가 일어나 보니 두 시간이나 지나 있었고. 이제 얼마 남지 않았어. 더 하고 싶은 일은 없어. 나는 충분히 살았어. 아니 너무 오래 살았어. 그게 내가 깨달은 내 인생이야. 난 엄청난 욕심을 부렸던 거야."

나는 담담하게 말했다. 그 순간 이게 내 마지막 통화라는 걸 알 수 있었고, 내 인생에서 가장 솔직한 나 자신에 대한 이야기라는 것 또한 깨달았다. 눈물 한 줄기가 짤막하게 흘러내렸다. 내가 울고 있다는 걸 지안이 눈치채지 못하길 바라는 정도가 내 마지막 소망이었다.

"함께 있길 원한다면 지금 바로 갈 수 있어."

그는 언제나처럼 다정하고 친절했다.

"혼자서 죽음을 맞이하고 싶어. 내가 더 많은 시간을 보낸 이들을 추억하면서. 니나가 아닌, 한나로 죽고 싶어. 그게 내 마지막 소원이야. 딸은 나를 거부했지만 그 애의 모습이 담긴 많은 사진을 아직 갖고 있어. 사진을 보면서 딸에게 편지를 쓸래. 내가 죽고 난 뒤에, 그 애에게 편질 전해줄래?"

"물론이지, 니나. 아니, 한나."

"고마워. 진짜 내 이름을 불러줘서."

전화를 끊은 뒤에 나는 소파에 앉아 앨범을 한 장씩 넘기며 딸이 갓 태어난 날, 처음 자전거를 타고 즐거워하던 모습, 유치원 졸업식, 초등학교 여름방학, 억지로 수영 강습을 받는 모습을 보며 감탄사를 연발했다.

사진 속 그 애는 여전히 사랑스러웠고 나를 좋아하고 믿고 있었다. 배신을 한 건 딸이 아니라 나였다. 내가 더 이상 그 애의 엄마이기를 거부한 것이다.

나는 딸에게 편지를 썼다. 다 쓰고 나자 내게 호르몬을 제공한 젊은 여자에게도 용서를 구해야 한다는 생각이 들었다. 편지 첫 줄에 '진아'라는 이름을 쓰고 나자 얼굴이 붉게 달아올랐다. 나 자신이 부끄러워 견딜 수 없었다. 그녀가 나를 용서하지 않는다면 마음 놓고 이 생을 내려놓을 수 없을 것 같았다.

지안

한나는 내 13번째 팔로워였다.

전도자의 리드에 따라 죽음을 선택한 이들을 팔로워라고 부른다. 첫 팔로워의 장례식을 마친 뒤 나는 한 달간 우울 증세에서 벗어나지 못했다. 직접 살인을 한 것은 아니었지만, 본질을 따지자면 살인이나 마찬가지라는 생각에서 벗어나기 어려웠다. 내 첫 팔로워는 코 주변에 점이 다섯 개나 있었는데, 그 당시 누군가를 만날 때면 상대방의 코 주변에 다섯 개의 점이 보였고, 그래서 상대의 얼굴을 바로 쳐다볼 수 없었다.

그럴듯한 철학으로 무장했지만 실은 살인을 저지른 게 아니냐는 질문이 떠오를 때마다 술을 마시기 시작했고, 나중에는 술을 마시지 않으면 잠에 들기 어려운 지경에 이르렀다. 내가 팔로워를 사랑했다는 사실을 깨닫고 나서야 그 고통에서 벗어날 수 있었다. 나는 미숙한 전도자였다. 역할에 능숙하지 못했다.

초보 전도자의 경우 첫 팔로워의 죽음을 겪고 나면 상당한 정신적 충격을 받을 수밖에 없다. 당연하다. 그 말을 나 자신에게 수백 번 들려준 뒤에야, 나는 우울증에서 벗어날 수 있었다.

13번째 팔로워, 한나의 죽음은 마음에 아무런 파동을 남기지 않았다. 마음이 너무 밋밋해서 오히려 한나에게 미안할 지경이었다. 한나가 내게 헌신적이었기 때문에, 그리고 그녀가 나를 믿고 사랑하는 마음이 진심이었다는 것을 분명히 알고 있었기 때문에 약간의 죄책감을 느끼기는 했다. 마음이 조금 착잡했고, 그래서 미안했다.

한나의 유언대로 장례는 조장으로 치러졌다. 재이교에서는 사람의 육신을 다시 자연으로 되돌려 보내는 것을 가장 중요하게 여기기 때문에 주로 조장을 권한다.

생전에 한나는 큰 두려움 없이 조장을 받아들였다. 한나의 시신을 장례장의 공터 한가운데에 눕혀두고 조문객들을 자리로 안내했다.

자신을 한나의 딸이라고 밝힌 여자가 나타났을 때 나는 좀 긴장했다. 팔로워의 가족이 전도자를 오해해 살인자로 몰아붙이는 경우가 종종 있었기 때문이다.

"당신이 내 어머니의 연인이라고 들었어요. 어머니의 죽음에 대해서, 좀 더 듣고 싶습니다."

여자의 태도는 정중했다. 우리는 장례가 끝난 뒤 근처 카페에서 만나기로 약속을 잡았다.

장례식은 순조롭게 진행되었다. 장례식이 순조로웠다는 것은 한나의 죽음에 대해 아무도 이의를 갖고 있지 않다는 뜻이기도 했다. 순간 그녀가 안쓰럽다는 생각이 들었다. 수명이 연장된 기간 동안 누구와도 친밀한 관계를 형성하지 않았던 모양이었다. 눈물을 흘리는 이는 그녀의 딸뿐이었다.

카페에서 다시 만난 여자는 좀 전과는 다른 냉랭한 모습이었다. 그녀는 한나가 남긴 유서의 유산 배분 항목에 대해 의문스럽다는 말을 단도직입적으로 꺼냈다.

재산의 절반은 셀러에게, 나머지 절반은 재이교에 헌납한다는 점에 대해서 납득할 수 없다는 것이었다.

"재산을 돌려받고 싶은 게 아니라 엄마를 이해하고 싶어요. 엄마가 왜 그런 선택을 했는지, 그러니까 엄마는 나를 두 번이나 버린 셈인데, 한 번은 스무 살의 니나가 되었을 때, 그리고 다른 한 번은 니나가 되는 것을 포기했을 때죠. 엄마는 어떤 선택을 할 때 자신에게 딸이 있다는 사실을 염두에 두기는 했었을까요? 정말 나를 사랑하기는 했던 걸까요? 솔직히 말하면 저를 사랑한다고 쓴 엄마의 마지막 편지도 의심스러워요!"

나는 시간을 좀 두고 여자가 호흡을 가라앉히기를 기다렸다.

"한나는 내게 당신 이야기를 많이 했어요."

거짓말이었다. 다만 바이어가 떠난 뒤에 남은 가족을 위로해야 하는 것 또한 전도자의 역할이었기 때문에, 나는 그저 상대의 마음을 진정시키는 것이 최선이라는 점을 경험을 통해 알고 있었을 뿐이다. 나 또한 그녀에게 묻고 싶었다. 바이어들이 어째서 전도자들에게 그토록 속수무책으로 자신의 삶과 죽음을 내맡길 수 있는 거냐고 말이다.

"나를 버리고 택한 삶이라면 충분히 의욕적으로 살아나갔어야 하지 않나요? 고작 몇 년을 더 살고 싶어서 나를 이렇게 난감하게 만들었다는 게, 너무 허무하고 이해가 가질 않아요."

마치 내가 한나라는 듯, 그리고 내가 마땅히 그 질문에 대답해야 한다는 듯 여자가 나를 노려봤다.

"엄마가 당신을 사랑했나요? 그래서…… 행복해했나요?"

여자가 창가로 시선을 옮기며 나지막하게 물었다. 이번에는 대답을 기다리지 않는 것처럼 느껴져 나는 계속 침묵을 지키기로 했다.

"한나는 당신에게…… 몹시 미안해했어요. 나중에야, 호르몬 체인징 수술을 받고 난 뒤 시간이 흐른 후에야 그녀는 자신이 무슨 일을 저질렀는지를 깨달았죠. 한순간의 욕심. 그것이 당신 엄마의 커다란 실책이었어요. 그걸 깨달았다는 점에 대해 안도하는 게 남아 있는 우리들이 한나에 대해 베풀 수 있는 전부가 아닐까요? 한나를 너무 미워하지 마세요. 우리가 정말 미워해야 할 것은 호르몬 체인징을 허가하고 지원하는 이 세계의 거대한 시스템이 아니겠습니까?"

여자는 내 말에 수긍했는지 고개를 끄덕였다.

"한나에게 죄가 있다면 그건 외로움이었을 거예요. 그녀는 자신의 친구들이 모두 호르몬 체인징 수술을 받고 청년이 되어버려 아무와도 공감을 나누지 못했기 때문에 수술을 선택했다고 말했어요. 하지만 수술을 받고 나자 이번에는 자기가 누군지 밝힐 수 없어져서 또다시 고독감에 휩싸인 거고요. 그녀는 그저 내가 자신과 같은 처지라는 점만으로도 기뻐했어요. 아무도 자신을 이해하지 못한다면서요."

"엄마는 늘 자기감정만 중요했죠. 어릴 때부터 나와 상의해서 뭔가를 결정한 적이 없었어요. 마지막까지 그랬고요. 당신과 자신의 마지막을 상의했다면, 젊은 시절로 되돌아간 엄마는 다른 사람이 되었나봐요. 저로선 상상이 잘 안 되지만요. 그것만은 위안이 되는군요. 남편과 딸이 저를 기다리고 있어서요. 이만 일어날게요."

여자가 자리에서 일어나자 급하게 피로감이 밀려왔다. 그동안 한나와 있었던 일들이 빠르게 머릿속을 스쳐 지나갔다. 마치 내가 정말 한나를 사랑했고, 그녀의 진짜 연인이었던 것처럼 느껴졌다. 위험한 생각이었다. 여자와의 대화에 너무 진지하게 몰입한 모양이었다. 나는 맥주를 세 잔 정도 더 마시고 조금 취한 상태에서 집으로 돌아갔다. 이런 날을 맨정신으로 보내는 건 어리석은 짓이라는 걸 그동안의 경험을 통해 잘 알고 있었다. 며칠 동안은 조금 흥청거리면서 되도록 생각을 피하고, 멍하니 코미디 프로나 보면서 깔깔거리는 것이 필요했다.

바이어의 장례식이 끝나면 늘 보는 코미디 드라마가 있다. 업계에서 손을 턴 야쿠자가 전업주부의 삶을 살며 소소한 행복에 만족한다는 내용이었는데, 전직 야쿠자 역할을 맡은 배우의 코믹 연기를 좋아했다. 콧수염을 달고 온몸에 문신을 한 채 앞치마를 두른 남자가 디자이너로 일하는 아내의 뒷바라지를 하며 그녀가 혼자 키우던 딸을 함께 양육한다는 내용이었다. 1화부터 10화까지 정주행하며 킬킬거리다가, 맥주를 두 캔 더 마시고 침대에 누웠다.

제기랄! 한나가 죽기 전날 밤 내 손을 꼭 잡았던 기억이 떠올라 베개를 집어 던졌다. 장례식 날 밤만 되면 여전히 나는 미숙한 전도자로 돌아갔다. 몇 번의 경험이 더 반복되어야 이 더러운 기분에서 완전히 벗어날 수 있을까? 내가 마치 한나를 정말로 사랑했고, 실수로 그녀를 보내야 했다는 전도된 망상에서 어떻게 하면 깨어날 수 있을까?

진아

우재가 김치찌개를 끓이고 있다. 돼지고기도 참치도 아닌 어묵을 넣은 김치찌개. 어묵은 가격이 싸서 듬뿍 먹을 수 있다는 이유로 자주 식탁에 올렸던 메뉴다.

"나 없을 때도 이거 만들어 먹었어, 당신?"

"응."

우재의 대답이 짧다. 우재는 여전히 나에게 화가 나 있다. 집에 돌아온 이후 한 번도 나와 눈을 마주치지 않았다. 밤에는 아이들 방에서 자고, 낮에는 일을 하러 나갔기 때문에 우재와 대화다운 대화를 나눌 수 있는 시간이 없었다. 우재의 마음을 풀어주기 위해서는 시간이 좀 더 필요한 걸까?

"내가 돌아온 게 불만스러운 건 아니지?"

"그럴 리가."

이번에도 짧은 대답이 돌아온다.

아이들은 내가 돌아왔다는 사실만으로 충분해 보였다. 다시 엄마를 찾게 된 보영이 신이 나 자주 웃는 모습을 보니 마음이 놓였다. 찬우는 나를 볼 때마다 퀴즈를 낸다. 내가 퀴즈를 못 맞추면 자기를 안아달라고 하고, 맞추면 나를 안아준다. 다시는 우리 두고 어디 가면 안 돼, 엄마. 어젯밤 잠들기 전에 찬우가 내 손을 꼭 쥐고 말했다. 나는 새끼손가락을 걸고 다시 사라지는 일은 이제 없을 거라고 약속했고, 아이는 그제야 안심하고 잠에 들었다. 보영은 꿈을 꾸다 훌쩍거렸는데, 슬픈 꿈을 꾸나보다 싶어 머리를 쓰다듬어주다가, 그 꿈이 어쩌면 내가 떠나는 꿈, 내가 없는 꿈, 나와 헤어지는 꿈일 거라는 데 생각이 미치자 당혹스러웠다. 돌아왔지만 떠났던 사실이 없어지는 것은 아니다. 우리는 그걸 극복해내야 한다. 아마 그럴 수 있을 거라고 믿는다.

내가 없는 동안 우재의 요리 실력은 놀랄 만큼 좋아져서 나보다 더 능숙하고 빠르게 식탁을 차렸다.

"앞으로 요리 담당은 당신이 계속 맡아주면 되겠네. 나보다 어묵 김치찌개를 더 잘 끓이는데?"

"고마워."

여전히 짧게 돌아오는 우재의 대답에 나도 모르게 눈을 흘겼다. 다시는 떠나지 말라고 애원하거나 무작정 신이 나 있는 아이들은 나름대로 자신의 감정을 표현하면서 상처를 극복하지만, 성인이 된 우재는 내게 이러지도 저러지도 못하고 있다는 걸 생각하니 묵묵히 식탁을 차리는 우재에게 더 미안한 마음이 들었다.

니나의 죽음으로 나는 셀러 신세에서 해방되었다. 윤석진이 나를 만나러 왔을 때 나는 정신적, 육체적으로 완전히 바닥난 상태였고, 건강 상태가 악화되면서 셀러의 역할을 더 하지 못하게 될까봐 두려워하고 있었다. 그래도 저번 수술까지는 무사히 마쳤고, 다음 수술까지 3주나 더 남아 있었기 때문에 윤석진이 무슨 이유로 나를 만나자고 했는지 의심스러워하며 라운지에서 기다렸다. 저번 수술에 문제가 생긴 걸까? 아니면 우재가 무슨 사고라도 친 게 아닐까?

윤석진이 미소를 지으며 내 쪽을 향해 걸어오는 모습을 보자 나쁜 소식은 아닌 듯해 안도했다. 뭔가 좋은 소식을 가져온 게 분명했다. 하지만 내 인생에 앞으로 좋은 소식 같은 건 없다는 것 또한 잘 알고 있었다. 계약서에 사인을 하는 순간 나는 모든 걸 포기했으니까. 아무리 윤석진이 그럴듯한 말로 포장하고 미화해도, 내 인생을 한나라는 노인에게 팔았다는 걸 누구보다 내가 잘 알고 있었다. 윤석진은 내가 손을 떨고 있는 걸 보고 가까이 다가와 내 손을 꼭 쥐었다.

"당신은 이제 해방이에요."

"무슨…… 뜻이죠?"

나는 혹시 그가 웃으며 내 뒤통수를 치는 게 아닐까 의심스러워졌다. 혹시 니나가 나 말고 다른 더 건강한 셀러를 찾기라도 한 건가? 만약 그렇다면 우리 가족은 이제 어떻게 되는 거지? 나는 재빨리 계약서 내용을 되새겨보았다. 바이어가 먼저 계약을 어긴 경우에는 셀러에 대한 의무를 지속해야 한다. 윤석진이 내 어깨에 두 손을 올렸다.

"당신의 바이어가 죽었어요."

나는 눈이 휘둥그레졌다. 마지막 수술 후 나는 사경을 헤맸고, 내 나쁜 건강 상태가 바이어에게 잘못된 영향을 줄 수도 있다는 이유로 불안해하고 있던 중이었다. 그런데 바이어가 죽었다니!

"수술이 잘못되었나요?"

윤석진이 고개를 저었다. 그는 여전히 쾌활한 웃음을 띠고 있었다.

"자살했어요."

전혀 예상하지 못한 답변이 돌아와 어안이 벙벙했다.

"모든 걸 가지고 있던 사람이, 대체 왜……."

"한 사람이 그렇게 많은 걸 계속 갖고 있는 건 좀 불공평하잖아요. 이제 한나가 가지고 있던 모든 걸 당신이 갖게 될 차례예요."

"한나?"

"니나의 본명이 한나예요. 일흔 살의 할머니 이한나 씨 말입니다. 한나는 유서에 당신에게 전 재산의 절반을 상속한다고 밝혔어요. 그 돈이면 앞으로 당신과 당신 가족은 생계에 아무런 문제없이 살아갈 수 있을 거예요. 당연히 수술을 지속할 이유도 없고요. 이제 정말 해방입니다. 당신은 굉장히 운이 좋았어요."

누군가의 죽음을 두고 운이 좋았다는 표현을 써도 되는지 모르겠지만, 우재와 아이들을 다시 볼 수 있다니, 가족과 다시 함께 살게 된다니, 기절할 정도로 기뻤다.

"미리 퇴원 수속을 밟아두었어요. 정문 밖에서 가족들이 기다리고 있고요. 숙소에서 챙길 물건이 있다면 가져가셔도 좋습니다."

가지고 갈 물건은 없었다. 이곳에서 나는 명진아가 아닌 셀러로 살았을 뿐이니까. 인사를 나눌 친구조차 없었다. 숙소에서 철저하게 혼자로 살아갔기 때문이다. 내가 만약 여기서 셀러가 아닌 명진아로 지냈다면 이곳에서의 삶을 견딜 수 없었을 것이다. 누군가와 이야기를 나누었다면 나는 매일 울어야 했을 것이다.

나는 나를 자주 물체라고 생각했다. 감정이 없다고. 삶도 없다고. 슬픔도 없다고. 그저 생명을 연장하기 위해서 밥을 먹고 시간을 보내고 운동을 했다. 가족들을 살리는 방법이 그것뿐이었으니까. 그런데 지금 내 앞에 있는, 이곳에 나를 보낸 자가 이제 다시 나에게 인간이 되어도 좋다고 말한다. 다시 살아 있어도 된다고 말한다.

"한나 씨가 자살한 이유가 뭔가요?"

나는 나지막하게 물었다.

윤석진이 대답했다.

"결국 깨달았어요. 인간은 죽어야 한다는 걸요."

나는 그가 무슨 말을 하는 건지 이해하기 어려웠다.

"인간은 죽어야 한다고요?"

윤석진이 당연하다는 듯 고개를 끄덕였다.

"태어났으니까요."

윤석진이 어깨를 으쓱했다.

"그럼 이제 당신은 어떻게 되는 거죠?"

"저는 또 다른 바이어를 만나겠죠. 바이어에게 셀러를 매칭시켜줄 테고요. 그게 제 일이니까요."

나는 잠시 망설였다. 내가 그에게 이런 걸 물어봐도 괜찮을지 잠시 망설였지만, 결국 용기를 냈다.

"당신, 다른 일을 할 수는 없었나요?"

그가 나를 노려봤다.

"그러는 당신은요?"

나는 고개를 떨궜다.

"미안해요. 당신에게 책임을 물으려던 건 아니었어요."

윤석진이 자리에서 일어났다. 나는 그가 제법 쾌활한 태도로 나를 대할 때 선을 넘지 말았어야 했다는 걸 깨달았다.

누군가는 계속해서 젊음을 유지한 채 살아가고, 누군가는 젊음을 팔아 먹고산다. 또 누군가는 타인의 삶을 넘겨주는 일로 자기 삶을 꾸려간다.

"왜 이런 끔찍한 구조가 생긴 걸까요?"

나도 모르게 목소리가 높아졌다. 윤석진이 다시 나를 노려보며 대답했다. 그는 내가 무엇을 물어보든 진실을 말해줄 생각인 것 같았다.

"욕심이죠. 이 어마어마한 일들을 양산해낸 원인은, 인간의 욕심입니다. 복잡하고 난해한 무엇이 아니라 그저 욕심이에요. 그 욕심을 부추기는 시스템이고요. 늙고 싶지 않다는. 늙지 않아도 된다는. 모두 당연하게 여기고 있지만 실은 어처구니가 없잖아요. 물론 저는 인간의 그 욕심을 부추기는 일을 하고 있습니다만, 그렇게 번 돈으로 욕심을 부리지 않는 삶을 살려고 노력하죠. 매일매일 욕심에 허덕이는 돈 많은 노인들을 유혹하고, 돈 때문에 자기 삶을 넘겨야 하는 가난한 사람들을 꼬드기면서요. 이 세상이 추악해진 이유는 인간의 욕심입니다. 젊음이 한때의 선물이라는 것을 인정하지 않고 그것을 영원히 누리고 싶어 하는 지나친 욕심이요."

나는 한숨을 내쉬었다.

"이제 당신은 부자가 될 거예요. 어쩌면 나중에 당신도 한나처럼 호르몬 체인징 수술을 받게 될지도 모르죠. 어쩌면 당신 남편이나 아이들이 그렇게 될 수도 있고요. 물론, 그러지 않으면 더 좋겠지만 말입니다."

윤석진이 내게 손을 내밀어 악수를 청했다. 나는 그의 손을 맞잡았다. 그리고 그가 자신을 너무 가혹한 방식으로 밀어붙이지 않기를 마음속으로 기도했다.

그가 일어난 뒤에도 나는 한동안 자리에서 일어나지 못했다. 이곳을 떠날 수 있을 거라고 생각하지 못했기 때문에 머릿속이 백지장이었다. 몸이 움직여지지 않았다. 의자에서 일어나는 법을 겨우 기억해내고 한 걸음씩 정문을 향해 걸음을 떼면서 나는 나와 같은 방에 있던 이들의 얼굴을 떠올렸다. 나와는 달리 운이 따르지 않은, 그래서 이곳에서 삶을 마감해야 하는 청년들의 얼굴을 절대 잊어서는 안 되겠다는 마음을 먹으면서 터벅터벅 앞을 향해 걸었다.

하영

"바이어의 수요는 계속해서 늘고 있는데, 셀러를 찾기가 쉽지 않습니다. 수술 부작용 사례가 알려지면서 지원자가 점점 줄어들고 있는 추세입니다. 수술을 받다가 사망한 건수도 늘어나고 있습니다. 재작년엔 10.4%였던 사망률이 올해 12.9%로 상승했습니다. 셀러가 부족해지면서 수술 사이 휴지기를 무리하게 줄인 결과입니다."

발표가 끝나자 이주용 부장이 내게 눈을 흘기며 매섭게 대꾸했다.

"셀러가 부족하다? 수요가 늘고 있는데 공급을 못해서 실적을 떨어뜨린다는 게 지금 말이 되나?"

"셀러로 들어가는 건 죽는 거나 마찬가지라는 소문이 돌고 있어서 빈민촌에서도 메신저들을 꺼리는 상황이에요. 수술과 수술 사이의 휴지기를 다시 늘려서 사망률을 줄이는 것이 최선입니다. 지난주에 사망자 가족 연합이 본사 앞에서 항의농성을 벌이는 일이 있었습니다. 기사로 다뤄질 가능성이 높아 언론사에 로비를 넣었고요. 다행히 기사화는 막았습니다만, 입에서 입으로 전해지는 소문도 무시 못합니다."

나는 매출이 줄어든 것도 아니고 사망자가 늘고 있는 상황에서 무리한 성장 속도를 강요하는 이 부장이 답답해 상황을 자세히 설명했다. 이 부장은 표정 하나 바꾸지 않고 뻔뻔스럽게 말을 이었다.

"이번에 우리 기업이 우수한 매출 상승세로 의학계 유망 기업 1위로 뽑혔습니다. 지금 바이어의 숫자를 줄이는 건 겨우 달성한 1위 자리를 내놓는 거나 마찬가지라고요. 셀러가 없다면 만들어서라도 매출 속도를 20% 상승시키십시오."

이주용 부장이 테이블을 두드리며 성난 소리로 말했다. 조용히 앉아서 고개를 숙이고 있는데 김진태 팀장이 팔짱을 끼며 입을 열었다.

"방법이 아주 없지는 않습니다. 그러니까, 셀러의 연령대를 낮추는 거죠. 지금 셀러의 최소 연령은 스무 살로 제한되어 있습니다. 반면, 그 외 조건은 간단하죠. 사람의 신체를 가지고 있으면 되는 거고, 또 사망신고를 해서 법의 구속을 받지 않으면 그만입니다. 그 말은 태어난 사람이면 누구나 셀러가 될 수 있다는 거예요. 그런데 우리 회사에서는 왜 스무 살이라는 제한을 두고 있는 겁니까?"

이주용 부장이 자리에서 일어나 박수를 쳤다.

"이거야말로 콜럼버스의 달걀이군!"

이주용 부장의 얼굴에 화색이 돌았다. 김진태 팀장도 따라 미소를 지었다. 셀러의 연령대를 낮춘다는 안에는 아무래도 동의할 수 없다. 노인들에게 아이들을 팔아넘기라는 소리와 다름없는 얘기였다. 가만히 앉아서 듣고 있을 수만은 없었다.

"미성년자는 셀러가 어떤 건지 아직 정확하게 파악하

고 판단하기 어려운 나이입니다, 부장님."

이주용 부장이 나를 째려봤다.

"그래서 셀러가 되기에 적합하다는 거야, 이 사람아. 이 급한 시국에 정확하게 파악하고 판단하지 못하는 사람이라면 그게 누구라도 셀러로 데리고 와야죠. 강 팀장님, 지금 여기가 어딘 줄 알고 누굴 가르치려 듭니까? 미성년자의 권리 운운하시려면 회사가 아니라 철학과 교실을 찾아가시는 게 어때요?"

이주용 부장은 내 의견을 깨끗하게 일축하고 당장 다음 주부터 미성년자를 대상으로 셀러 매칭을 시작하라고 지시했다. 계약서에서 나이 제한을 없애고, 열일곱살 이상의 셀러로 공급 풀을 늘리라는 것이었다.

가슴이 답답했다. 김진태 팀장이 무슨 생각으로 나이 제한을 없애자고 제안한 건지 한심스럽기 그지없었다. 바이어의 숫자를 늘리지 않아도 회사 운영에는 아무런 지장이 없었다. 매출 성장 속도 1위로 기업이 급부상하면서 회사 이미지가 좋아진 것은 사실이지만, 성장률을 계속 상승시키기 위해서 아직 성인이 되지 않은 아이들에게 이런 위험한 선택을 하게 할 수는 없었다.

나에게는 아이가 있다. 아이는 나보다 키가 크지만 아직 세상을 모른다. 회사가 어마어마한 액수를 제시하면 수술받는 것쯤은 아무것도 아니라고 생각할 수 있다. 이주용 부장도 김진태 팀장도 아이가 없는 걸까? 아니, 자기 아이가 없다고 해도 마찬가지다. 인간으로서 지켜야 할 선을 넘어도 한참 넘은 결정이다. 이것만은 아니다. 회사에 입사한 뒤 가치관을 계속 수정해야 했지만 이것만은 절대 안 된다. 있을 수 없는 일이다.

회의가 끝나고 팀원들에게 어떻게 상황을 전달해야 할지 몰라 멍하니 모니터만 노려봤다. 도저히 사람 얼굴을 보고 말할 수 없는 이야기여서 단체 메시지를 보냈다.

셀러 연령 17세 이상으로 변경 결정
오늘 회의에서 정해진 사안으로 10월 20일부터 적용

집에 돌아와 영서와 같이 식탁에 앉아 새우볶음밥을 먹었다. 영서는 새우가 고소해서 너무 맛있다는데 나는 무슨 맛인지 느껴지지 않았다. 영서가 열일곱 살이었다. 다 큰 것 같다가도 가끔 보면 터무니없이 철없는 소리를 하기도 한다. 이런 아이들에게 셀러가 되라고 꼬드긴다니, 다들 제정신인 걸까, 정말?

"엄마, 무슨 걱정 있어?"

"아니. 오늘 너무 바빴어서 그렇지."

"바빠? 하긴 엄마네 회사 요즘 완전 인기더라. 신인류의 삶의 질을 그 이상 높일 수는 없다고 광고 엄청 하던데? 엄마네 회사가 유명해지는 건 좋은데, 엄마가 너무 멍한 걸 보니까 좀 속상해. 회사가 안 유명해도 엄마가 행복해야 하는데."

뿌옇게 흐렸던 시야가 맑아지는 것을 느꼈다.

"그렇지, 영서야?"

"그러엄."

정신 나간 소리를 하고 있는 사람들 사이에 있으니 내 정신도 혼탁해진 모양이었다. 나는 영서의 말을 더 듣고 싶었다. 제대로 된 소리를 듣자 기운이 좀 나는 것 같았다. 볶음밥을 한 수저 더 뜨고, 영서에게 물었다.

"넌 나중에 무슨 일 하고 싶어?"

"나? 나 아직 진로 못 정했잖아. 엄마, 나 그냥 엄마네

회사 들어갈까봐. 요즘 성장기업 1위고 연봉도 2위잖
아. 나 그냥 돈 많이 벌고 싶어, 엄마."

"그런 말 다신 하지 마. 엄마네 회사가 얼마나 빡센
줄 알아? 엄마 피곤해하는 거 안 보이니?"

영서가 방에 들어간 뒤 나중에 영서가 정말로 우리
회사에 들어오게 된다면 어떨지 상상했다. 내가 어떤
일을 하는지 알게 된다면 나를 어떻게 생각할까 싶었
다. 소름이 끼치고 등 뒤가 으스스했다.

한 주 뒤 영서는 우리 회사 홍보팀이 학교에 홍보차
왔었다면서 내가 '호르몬 체인지사'에 다니는 게 자랑
스럽다고 말했다. 직업탐구 시간에 '인류의 노화를 넘
어선 의학의 쾌거를 함께 이룰 인재를 구한다'며 회사
를 소개하러 다녀갔다는 것이다.

"참, 학교 다니는 중에 미리 아르바이트할 사람 지원
받는다는데 나 그거 신청했어."

"아르바이트?"

"응, 노화방지 프로그램에 참여할 인력이라고. 용돈
궁한 애들은 다 폰 번호 제출했지 뭐."

"너 미쳤어? 그런 결정을 왜 엄마랑 의논도 안 하고

너 혼자 결정해? 용돈 올려줄 테니까 아르바이트는 아직 꿈도 꾸지 마!"

"왜 화를 내고 그래? 난 엄마가 그렇게 싫어할 줄 몰랐지. 취소하면 되잖아."

난 혹시라도 영서가 내게 거짓말을 하고 셀러가 될까 봐 아이의 주머니에 지폐 몇 장을 넣어주었다.

"돈 필요하면 쓸데없는 생각 같은 거 하지 말고 엄마한테 말해. 얼마든지 줄 테니까."

"알았어. 괜히 신경질 내고 난리야."

영서가 방문을 닫고 들어갔다. 심장이 두근거렸다. 영서가 셀러가 될 수도 있다는 걸 생각하자 몸서리가 쳐졌다. 학교는 무슨 생각으로 아이들의 전화번호를 회사에 넘긴 걸까? 학교도, 선생님도, 더 이상은 안전 구역이 아니다. 다들 미친 게 분명해. 돈 몇 푼에 아이들을 넘기다니.

언젠가 이와 비슷한 고민으로 우울증을 앓았던 기억이 되살아났다. 돈 몇 푼에 사람의 목숨을 팔아넘긴다는 것, 그게 내 직업이라니 마음이 늘 무거웠다. 이 회사에 들어온 게 원망스러웠고, 그럼에도 불구하고 일을 그만두지 못했다. 남편과 헤어지고 영서를 혼자 키워야 했고, 이 정도의 보수를 지급하는 회사를 찾기란 쉽지 않았기 때문이다.

석진

학창 시절 나는 눈에 띄지 않는 조용한 학생이었다. 나를 기억하는 선생님은 한 분도 안 계실 거다. 친구들도 마찬가지일 테고. 그래서인지 학교에 가면 마음이 편하다. 내가 다녔던 곳이 아니더라도 학교라는 공간은 마음을 놓게 만든다. 마치 투명인간이 된 것 같은 기분이 든다. 누구도 내게 말을 걸지 않을 거라는, 무슨 행동을 하든 눈여겨보지 않을 거라는 안도감을 느낀다.

운동장은 모래가 날리지 않는 매끈한 신소재 바닥으로 바뀌어 있었다. 넘어져도 충격을 99퍼센트 흡수해

다치지 않는다. 그건 좀 별로라고 생각한다. 넘어지면 피도 좀 나고 멍도 들고 다치기도 하는 게 낫다는 쪽이다. 아무런 위험이 없는 공간은 지루하고 비겁하다.

5교시가 끝나는 벨이 울리고 정문이 열리자 아이들이 쏟아져나온다. 시끌벅적하게 울리는 말소리에 나도 모르게 인상을 찌푸린다. 그때나 지금이나 아이들은 말이 많다. 웃음도 많고 눈물도 많다. 누군가 괴성을 지르고, 깔깔대고, 주거니 받거니 수다가 이어진다.

호흡을 가다듬고 전자수첩을 꺼내 아이의 얼굴을 확인한다. 아이는 단발머리에 마른 몸, 까무잡잡한 피부에 빨간 안경을 쓰고 있다.

아이와 만나기로 한 곳은 정문 앞에 있는 느티나무 아래 벤치다. 정문을 향해 걸어가려는데 벤치에 앉아 있는 아이의 뒷모습이 보인다. 좁은 어깨를 움츠린 여자아이가 물끄러미 나무를 바라보고 있다. 바람이 불 때마다 아이의 머리카락이 흔들린다.

언젠가 이 모습을 본 적이 있었다는 생각이 든다. 내가 고등학교에 다닐 때, 좋아하던 여자아이가 있었다. 그 애의 이름은 좀처럼 기억나지 않는다. 다만 그 애가 나무 밑에 자주 앉아 있었던 것, 거기서 바람을 맞으며 음악을 듣던 것. 내가 지나가다가 쳐다보면 "뭘 봐?"라고 퉁명스럽게 쏘아붙이던 것만 생각났다.

10미터 정도 떨어진 위치에서 더 이상 움직이지 못하고 멈춰 섰다. 더 가까이 간다면 그 애의 옆자리에 앉아 명함을 주고, 셀러가 받을 수 있는 혜택에 대해 설명해야 한다. 그게 내 일이니까. 하지만 어쩐지 그럴 수 없었다. 수많은 사람들에게 했던 행동인데 갑자기 얼음장처럼 굳어버렸다.

돌아가야겠다고 생각했다. 바이어와 셀러 매칭을 수없이 반복했지만, 아직 성인이 되지 않은 아이들에게 셀러가 되라고 권하는 건 잔인한 일임이 분명하다.

연령대를 낮추라는 지시가 떨어지자 많은 메신저들이 반대했다. 하지만 회사는 전혀 미동도 하지 않았다.

옆자리에 앉자, 아이가 나를 흘끗 쳐다봤다.

"아저씨가 메신저예요?"

어쩐지 대답이 나오지 않았다. 목이 칼칼해 괜히 헛기침을 여러 번 했다.

"아저씨, 처음이에요? 왜 이렇게 긴장하고 있어요?"

나는 정신을 차리려고 두 눈을 크게 떴다.

"처음이긴, 아저씨가 매칭시킨 셀러만 100명이 넘는데."

아이가 깔깔 웃었다.

"우와, 100명이나 돼요?"

"그럼."

나는 아이의 천진함을 방패 삼아 뻔뻔스러워졌다.

"그중에 너 같은 학생도 꽤 된다고. 요즘은 학생 때부터 셀러를 뽑고 있거든."

"아무래도 늘 용돈이 부족하니까요. 저희 집 엄청 가난하거든요. 저랑 엄마랑 둘이 사는데, 엄마가 아프세요. 대중 비행기 운전을 하시는데 며칠 전에 사고를 당해서 병원에 입원 중이세요. 수술을 받으셔야 하는데 돈이 없거든요. 퇴원하실 때까지 생활비도 제가 벌어야 하는 상황이라고요. 그래도 죽으란 법은 없는지 그때 딱 아저씨가 저한테 연락주신 거예요. 정말 고마워요."

회사에서는 보험회사와 결탁해 최근 대형 교통사고를 당한 환자의 정보를 제공받고 있었다. 환자들의 주소지를 확인하면 경제 사정이 눈에 훤히 보였다. 아이와 아이 엄마는 지하도시 주민이었고, 지하도시 주민에게 셀러 권유를 했을 때의 성공률은 100퍼센트였다. 그들은 일단 돈이 시급하게 필요했다. 이것저것 따지고 들 여유가 없는 이들에게 셀러들이 받는 경제적 수익은 눈이 휘둥그레질 만한 것이었다.

셀러를 만나면 보통 밥이나 술을 거하게 사서 융숭한 대접을 하는데, 아이와는 되도록 빨리 헤어지고 싶었다. 더 대화를 나누다간 마음이 흔들릴 것 같았기 때문이다. 나는 약속이 잡혀 있어서 오래 이야기를 할 수 없으니 일단 서명부터 하고, 다음에 다시 만났을 때 맛있는 식사를 하며 자세히 설명을 하고 싶다고 말했다.

"뭘 좋아하니?"

"학생이 뭐 뻔하죠. 떡볶이, 라면, 순대 같은 분식류?"

"그래, 다음번에 만날 때 아저씨가 분식집 데려갈게. 거기서 만나자."

"좋아라!"

아이는 내가 내민 계약서에 서명을 한 뒤 천진하게 손을 흔들어 보였다. 나도 손을 흔들어 답한 뒤 재빨리 돌아섰다. 나는 이를 악문 채 입에서 튀어나오려는 말을 겨우 참고 있었다. 헉헉거리며 빠르게 주차장을 향해 뛰었다.

내 생애 가장 부끄러운 순간이었다. 나는 이제 아이들의 목숨을 빼앗는 사람이 되었다. 그동안 스스로를 위해 많은 변명과 자기합리화를 해왔지만, 아이들의 목숨을 빼앗아 어른들의 삶의 질을 높이는 상황에 대해서는 어떤 변명도 통하지 않을 것 같았다. 나는 생각을 중지하기로 했다. 그냥 기계처럼 움직이는 수밖에 없다.

회사로 돌아오는 길에 사고가 날 뻔했다. 아이가 나를 보고 깔깔 웃던 모습이 자꾸만 떠올라 세차게 고개를 저었지만 그 기억이 자꾸 오버랩되는 바람에 공중 신호를 제대로 확인할 수 없었다. 나는 허공에 자가비행장치를 세워둔 채 아이가 내게 넘긴 계약서 파일을 삭제했다. 안도의 한숨과 함께 눈물이 흘렀다.

이번에는 아이의 핸드폰 번호를 지웠다. 회사에는 건강 상태에 문제가 있어 셀러로 부적격하다고 보고했다.

사무실에 들어가자 김진태 팀장이 나를 불렀다.

"석진 씨는 우리 부서 톱입니다. 그것도 10년간. 내가 이제까지 많은 메신저들을 만나봤지만 이런 실적을 올린 사람은 윤석진 씨밖에 없었어요. 난 석진 씨의 업무 능력을 높이 평가했고, 이번 분기부터는 수당을 더 올리려던 참이었는데 말이죠."

아무래도 팀장이 낌새를 챈 게 분명했다.

"그 아이의 건강 상태는 회사에서 이미 확인했습니다. 어째서 그 애가 셀러로 부적격하다고 판단했는지 얘길 좀 들려주시죠."

아무리 생각해도 적절한 대답이 떠오르지 않았다.

"그 아인, 그러니까, 아직…… 너무 어리니까요."

팀장이 피식 웃었다.

"언제부터 그렇게 양심적으로 행동했죠? 열일곱, 스물은 고작 세 살 차이입니다. 괜히 감상에 젖어 있을 필요가 없다는 얘기예요. 열일곱 살짜리 아이들은 세상에 넘쳐나요. 그 애 하나 셀러가 된다고 해서 무슨 문제가 되겠습니까? 시간 없는데 그런 한가한 소리나 할 거예요? 지금 대기 중인 바이어 신청자가 수백 명이에요."

"죄송합니다."

나는 김 팀장에게 사과하고 자리로 돌아왔다. 옆자리 동료는 셀러 리스트에 브이 자 표시를 하며 여기저기 메시지를 보내고 있었다. 그는 이번에 대리로 진급했다며 모든 일을 열정적으로 진행하고 있었다. 그가 내 쪽으로 고개를 돌리더니 엄지손가락을 치켜올리며 신이 나서 말했다.

"대주동 정영고등학교 한번 연락해봐요. 이쪽 학교 친구들 반응이 꽤 좋네."

서연

희지가 오늘 학교에 나오지 않았다. 며칠 전부터 상태가 좋지 않아 보였다. 수업 시간에도 자고, 쉬는 시간에도 잤다. 어디가 아프냐고 물으면 그건 아니라고 했지만, 걸음걸이에도 힘이 없고 공부는 아예 포기한 것 같았다. 집에 갈 때는 비행택시를 이용했다. 희지네 집이 부자는 아닌데, 용돈이 부족해서 준비물도 간혹 사 오지 못하던 아이가 갑자기 돈을 펑펑 썼다.

"너 갑자기 어디서 그렇게 많은 돈이 생긴 거야?"

희지가 심드렁하게 대꾸했다.

"요새 아르바이트하거든."

"무슨 아르바이튼데?"

"그건 알 거 없고. 여하튼 그렇게 됐어."

희지에게 비밀이 생긴 것 같아 어쩐지 서운한 마음이 들었다. 희지와 나는 비밀이 없는 사이였는데.

희지네 부모님은 비행기 도로 전담 미화원이셨다. 상공의 청소를 담당하는 위험하고 더럽고 힘든 일이었지만 보수는 최저임금을 겨우 받는 정도였다. 희지는 1학년 때만 해도 늘 상위권 성적을 유지했다. 2학년 중반 무렵, 희지는 부모님이 대학교 등록금을 대줄 형편이 안 된다고 힘없이 말했다.

"나 이제 공부 대충 할 거야. 고등학교만 졸업하고 바로 취업할 거다."

이후 희지는 학교 수업에 당연히 관심이 없어졌고 성적은 떨어졌다. 함께 어울리던 친구들도 바뀌었다. 전교에서 놀던 상위권 학생들과 사이가 소원해지고, 좀 노는 아이들과 어울리기 시작했다. 남자친구가 생겼고, 외모에 관심이 많아졌다. 그래도 우리 사이는 크게 달라지지 않았다. 늘 같이 등하교를 했고, 집과 학교에서 있었던 많은 일들을 공유했다.

희지에게 내가 모르는 비밀이 생긴 건 최근의 일이었다. 그 일이 무언지 알아야만 했다.

"오늘 끝나고 나랑 피자 먹으러 가자."

"별로."

"너 정말 무슨 일 있는 거 아니야?"

"아니."

"대체 무슨 아르바이트를 하길래 맨날 그렇게 힘이 빠져 있어?"

희지가 미안한지 내 팔짱을 꼈다.

"나이 든 할머니 도와드리는 일이야."

"봉사?"

희지가 고개를 끄덕였다.

"비슷해."

나는 안심이 되었다. 혹시 희지가 나쁜 길로 빠진 건 아닌지 꽤나 걱정을 했기 때문이다.

"주말에 만나자. 그땐 컨디션이 좀 괜찮아질 거 같아."

"그래, 알았어."

나는 마음을 푹 놓고 혜리와 하교했다. 그날도 희지는 비행택시를 타고 집에 간다고 했다.

혜리는 내게 희지가 좀 이상하지 않느냐고 물었다. 나는 희지가 요즘 아르바이트를 하느라 피곤해하는 것뿐이니 걱정 말라고 말했다. 혜리는 희지가 하는 일이 뭔지 아느냐고 물었다. 내가 안다고 대충 둘러대자, 혜리가 걱정이 가득한 눈빛으로 나를 봤다.

"2학년 2반 하영주, 학기 초에 죽은 거 기억나?"

"체육 시간에 갑자기 쓰러졌잖아. 지병이 있었던 거 아니야?"

"학기 초부터 어딘가 늘 아파 보였으니까 다들 그렇게 생각했지. 걔네 부모님도, 선생님도."

"그런데 걔가 왜?"

"하영주랑 단짝이었던 김수지가 나랑 같은 학원 다니거든. 학원에서 짝이야. 근데 걔가 그러더라고. 호르몬 체인지사에서 고등학생 아르바이트생을 뽑는데 절대 지원하지 말라고. 하영주가 거기서 일하다가 그 지경이 된 거라면서 말이야."

"거기서 무슨 일을 하기에 사람이 죽어?"

"호르몬 추출. 호르몬을 추출해서 노인들에게 주입하는 거야. 그러면 노인들은 젊어지고, 그래서 요즘 나이 든 사람 찾아보기가 어렵잖아. 이제 신체만 건강하면 셀러가 되는 데 아무 제한이 없다고 그러더라. 근데 절대 하지 말라고. 셀러로 1년 이상 버티는 건 드물고, 2년 이상 하는 사람들은 대부분 병에 걸리거나 죽는대. 어른들이 안 하려고 드니까 이젠 아이들한테 그 일이 넘어온 거라면서 질색팔색하던데? 세상에 믿을 사람 하나 없는 거라면서 말이야."

2학년 2반 하영주와 마주쳤던 기억이 났다. 키가 크고 마른 몸에 휘청이듯 걷던 아이였다. 항상 피곤해 보였고, 언제나 만사가 귀찮다는 듯 심드렁한 표정이었다. 나중에는 얼굴색이 눈에 띄게 나빠졌고 입술에도 핏기가 없었다.

기억에서 되살린 하영주의 모습은 희지의 최근 모습과 비슷했다. 가끔 우울해하는 일은 있었지만 희지는 잘 웃고 잘 우는 생기발랄한 아이였다. 뭐가 어떻게 되든 상관없다는 무기력한 모습은 마음이 아닌 몸에서 생긴 변화인 게 분명했다. 호르몬 체인지사에게 희지를 빼앗길 수는 없었다. 사실을 알게 된 이상 가만히 있기 어려웠다.

다음날 나는 비행택시를 타러 가는 희지를 붙잡았다.

"이희지!"

희지가 뒤를 돌아 나를 봤다. 눈은 반쯤 감겨 있었고, 얼굴은 핏기 없이 새하얗게 질려 있었다. 나는 희지를 꼭 끌어안았다. 그리고 소리 내어 울기 시작했다. 영문을 모르는 희지는 내 등을 쓸어내리며 다급하게 물었다.

"너 왜 그래? 무슨 일 있어? 울지 말고 천천히 설명 좀 해봐. 왜 그런 거야?"

희지는 나를 피자집으로 데리고 갔다. 포테이토 피자와 음료를 받아 온 뒤 어디엔가 전화를 걸었다.

"죄송합니다. 다시는 이런 일 없도록 할게요. 집에 급한 일이 생겨서 오늘은 도저히 갈 수 없는 상황이에요."

전화를 끊은 희지는 피자를 먹기 시작했다.

"너네 부모님 또 싸우셨냐?"

나는 계속 울면서 고개를 저었다.

"그럼, 수학 시험 또 망친 거야?"

나는 이번에도 아니라고 했다.

"근데 왜 그렇게 서럽게 울어? 난 또 누가 죽기라도 한 줄 알았네."

누가 죽기라도 한 줄 알았다는 말에 나는 더 눈물이 쏟아졌다.

"알았어. 알았어. 물어보지 않을 테니까 피자나 먹어. 너 피자 먹고 싶다며. 내가 널 위해 특별히 특대로 시켰어."

희지에 말에 울음을 멈추고 피자를 한 입 베어 물었다. 피자를 먹고 나자 마음이 좀 진정되는 것 같았다.

"니가 요즘 무슨 일 하는지 알고 있어."

희지가 팔짱을 끼고 코웃음을 쳤다.

"그래서 운 거야?"

나는 고개를 끄덕였다.

"내가 죽기라도 했냐? 울긴 왜 울어?"

희지는 김샌다는 표정으로 나를 째려봤다.

"오늘 수술 날인데 너 때문에 미뤘잖아. 수술 준비하는 게 얼마나 힘든지 너가 알았다면 나한테 이러지 않았을 텐데."

희지가 고개를 절레절레 저었다.

"그러지 않아도 이번까지만 하고 그만두려고 했어, 이 기지배야."

"거봐, 너도 그 일이 위험하다는 거 알고 있었던 거잖아."

"안 위험한 일이 세상에 어디 있냐? 우리 엄마 아빠는 매일 저 하늘 위에서 떨어져 죽을 각오까지 하고 일 하셔. 너야 대학 가면 안전하고 돈 많이 받는 일 하겠지만 난 고졸이라 어딜 가든 위험하고 돈 적게 받는 일 해야 하는 처지라고. 어차피 위험한 일 하는데 돈이라도 많이 받고 싶었지. 근데 나도 더 이상은 못하겠더라고. 네 말대로 이러다 진짜 죽는 거 아닌가 싶었으니까."

"다시 그 일 안 한다고 약속해."

"아까 못 간다고 회사에 전화하는 거 들었잖아."

희지는 내가 보는 앞에서 '메신저 Y'라고 저장된 연락처를 삭제했다.

"됐냐?"

나는 고개를 끄덕이고 희지를 향해 웃어 보였다.

"정말 고마워."

"나도 니가 고맙다. 오늘 마지막으로 수술하다가 골

로 갈 수도 있다고 생각하긴 했어. 몰라. 나도. 졸업할 때까지 남자친구랑 좀 놀고 아르바이트는 당분간 안 할란다."

희지는 포테이토 피자를 우물거리며 나를 향해 윙크했다.

"넌 내 생명의 은인이야, 김서연."

윤희

낮에 윤석진에게 셀러가 나타났다는 연락을 받았다. 호르몬 체인징 수술을 결정한 지 일주일 만에 셀러를 찾은 것은 입사 10년 차인 자신도 처음 겪는 일이라면서 내가 굉장히 운이 좋은 케이스라고 했다.

셀러는 고등학교 1학년이라고 했다. 공교롭게도 집 근처에 있는 곳이었다. 그 앞을 지나다닐 때마다 등하굣길 여학생들의 떠들썩한 수다에 잠시 50년 전을 추억하며 그들에게 감사를 보냈었지. 옆에 서서 걸으면 나도 그 애들과 함께 교복을 입고 학교 수업을 마친 뒤

집에 돌아가는 길인 듯한 착각이 들기도 했다.

학창 시절의 나는 지나친 모범생이었다. 부모님과 선생님이 하라는 대로 순종하며 학업에 충실했다. 친구를 사귀는 일은 뒷전이었고, 가까이 지내고 싶어 다가왔던 아이들은 내가 시간을 내는 일에 인색하다는 이유로 금세 멀어지기 일쑤였다.

부모님이 꾸려주신 스터디 모임 아이들과 어울리는 것이 전부였다. 우리는 주로 성적에 대해서 이야기했고, 더 나은 보조교사를 구하는 일을 두고 의견을 나눴다. 커트라인이 높은 우수한 학교에 진학한 이후에는 서로를 찾지 않았다. 칠십이 된 지금, 가장 후회하는 일은 학창 시절에 친구를 사귀지 않았던 것이다. 수술을 받게 되면 가장 먼저 또래 아이들과 분식집에 가고 싶었다. 거기서 시시껄렁한 이야기를 나누며 입에서 나오는 대로 떠들고 아무것도 아닌 일에 소리 내 웃고 싶었다.

수술 날짜를 정하고 나서 동생에게 연락했다. 서른셋에 이혼한 뒤로 다시 연애를 하지 않고 동생과 절친처럼 자주 연락하며 지냈다. 내가 열일곱 살로 돌아가는 것을 아쉬워할 사람도 그 애뿐이었다.

수술을 받았던 대부분의 친구들은 그 결정으로 인해 가족들과 불화를 겪는 일이 다반사였다. 특히 자녀가 있는 경우 수술을 포기하는 경우도 있었다. 나에게는 자녀가 없었다. 반대할 누군가가 없다는 게 괜히 쓸쓸하게 느껴지기도 했다. 동생과 나는 함께 호르몬 체인징 수술을 신청했기 때문에 그 애는 내 셀러가 나타났다는 이야기를 듣고 마음껏 축하해줬다.

"다시 청춘으로 돌아가는 기분이 어때?"

나는 동생에게 셀러가 열일곱 살이라고 말했다. 동네 고등학교에 다니는 1학년 학생이라고 하니, 동생의 목소리가 갑자기 싸늘해졌다.

"고등학생 호르몬을 제공받는 건 불법 아니야?"

"이번 달부터는 문제없대."

동생은 그래도 어린애들의 호르몬을 제공받는 건 별로 기분이 좋지 않다고 못 박았다. 내가 애들을 안 키워봐서 그러는 모양이라면서, 열일곱 살 애들은 덩치만 컸지 아직 어린애라는 것이다.

"인간에게는 삶의 질을 극대화시킬 권리가 있어. 법이 허락했는데 무슨 상관이니?"

동생은 내가 그런 말을 할 줄 몰랐다며 펄쩍 뛰었고, 나는 그런 동생이 아니꼬웠다. 동생도 스무 살로 돌아가고 싶다고 내게 밥 먹듯 이야기했었다. 조카들의 반대로 셀러의 나이를 마흔 이상으로 신청해놓고는, 마치 자기는 양심적인 선택을 하고 나는 욕심에 눈이 어두워진 사람처럼 대하는 게 불쾌했다.

일단 전화를 끊고 거실 소파에 앉아 와인을 조금 마셨다. 기분이 살짝 가라앉았다. 내가 열일곱 살이 되면 동생은 나를 질투할 게 뻔하다. 호르몬 체인징 수술을 받은 이들은 대부분 기존의 인간 관계를 청산하고 새 삶을 꾸리게 된다. 동생과 함께 신청할 때 우리는 같은 나이로 돌아가 절친으로 지내자고 약속했었다. 별것도 아닌 일로 사이가 틀어지고 나니 어쩌면 아무도 모르는 상태에서 열일곱을 맞이해야 할지도 모르겠다는 생각이 들었다.

갑자기 외로움이 밀려들기 시작했다. 잠든 고양이 세세가 코를 곤다. 내가 다시 젊음을 되찾게 되면 세세는 나를 알아볼까? 아니면 낯선 사람이라고 생각할까? 세세가 나를 몰라보는 건 어쩐지 슬프다.

저녁을 차리려고 냉장고에서 반찬을 꺼내는데 이번에는 조카에게서 전화가 걸려왔다. 내가 셀러를 찾았다는 이야기를 전해 들었다며 호들갑을 떨었다.

"다들 하는 수술인데 뭘 축하까지야."

"게다가 셀러가 열일곱 살이라면서요. 그야말로 새 인생이네. 이모는 다시 열일곱 살이 되면 뭐 하고 싶으세요?"

"그냥 남들 하는 거 하면서 사는 거지, 이제 와서 무슨 욕심이 있겠니? 그냥 다른 사람들처럼 친구 사귀고, 떡볶이 사 먹고, 소개팅도 하고, 이모도 이제 재미있게 살아볼란다."

"젊어졌다고 부끄러워하지 마시고 저희 집에도 놀러 오세요."

"저녁은 먹었니?"

"좀 이따 애들 들어오면 같이 먹으려고요. 근데 이모 셀러는 무슨 사정이 있어서 고등학생이 벌써 수술을 해요?"

"글쎄. 거기까진 나도 몰라. 요즘 애들 사이에서 돈 많이 받는 아르바이트로 호르몬 제공이 유행이라는 얘긴 들었는데. 그 많은 돈이 왜 필요한지까지는 모르겠네."

찌개 국물이 끓는다고 거짓말을 하고 전화를 끊었다. 셀러가 수술을 받는 이유를 내가 꼭 생각해야 할까? 수술 부작용으로 인해 사망자가 발생했다는 뉴스도 종종 들려왔다. 그런 건 어쩌다, 아주 운이 안 좋은 경우에 일어난 사고겠지, 하고 넘겨왔다.

그런데 셀러가 내 조카들과 나이가 같다는 데 생각이 미치자, 내 조카들이 이런 아르바이트를 하고 있다고 상상하자, 갑자기 찜찜한 느낌이 들었다. 동생의 비아냥 섞인 말투도 떠올랐다.

언니, 언니 조카를 생각해봐. 덩치만 컸지, 쟤 아직 아무것도 몰라.

나는 와인을 한 잔 더 마시면서 곰곰이 생각해보았다. 왜 스무 살도 안 된 아이가 자기 호르몬을 팔아 큰돈을 받는 아르바이트를 해야만 하는 건지, 어쩌다 나는 이런 일에 아무 관심도 갖지 않게 되었는지. 나는 스스로 궁금해졌고, 그다음에는 내가 왜 열일곱 살로 돌아가고 싶었는지 따져봐야겠다는 생각이 들었다.

그런데, 내가 정말 젊어지고 싶은 걸까?

그렇다는 대답은 선뜻 되돌아오지 않았다. 그저 많은 다른 사람들이 수술을 받고 있기 때문에 나도 응당 그렇게 하는 게 좋다고 여겼다. 거리를 거닐 때마다 나는 그 길에서 가장 늙은 피부를 가진 여자였고, 사람들은 나를 징그럽다는 듯 쳐다봤기 때문이다.

저 여자, 나이가 꽤 많아 보이는데 호르몬 체인징 수술도 안 하고 거리를 나다니네.

소리 내어 그렇게 말하는 사람도 있었다. 마치 내가 꿈에서 깨지 않은 채 잠옷을 입고 거리를 활보하는 몽유병자인 듯 힐끗거리면서.

꿈에서 깨지 않은 채 걸어다니는 건 바로 당신들이지 않아?

나는 그렇게 소리치고 싶었다.

사람은 나이가 들면 피부가 처지고, 주름이 지고, 머리가 하얗게 세기 마련이라고!

그렇게 외치고 싶었다.

와인 한 병을 비운 뒤 메신저 윤석진에게 전화를 걸었다. 그리고 다음 주에 예정되어 있는 호르몬 체인징 수술을 취소하겠다고 말했다. 그가 회사에 보고하기 위해 취소 사유를 물었다. 나는 '나이 들 권리'를 되찾고 싶은 것뿐이라고 말했다.

"나는 늙은 내 몸이 부끄러울 것도, 슬플 것도 하나 없어요. 나는 내 늙음이 자랑스럽진 않아도 가리고 숨겨야 할 정도라곤 생각하지 않으니까. 다시 생각해보니 난 그냥 다른 사람들이 나를 쳐다보는 시선이 싫었던 거예요. 나도 사람이니까, 다른 사람들로부터 따뜻한 시선을 받고 싶었다고요. 그런데 젊은 양반, 나도 하나만 좀 물어봅시다."

나는 큰 결심을 한 듯 목소리에 힘을 실어 그에게 물었다.

"대체 나이 든 노인이 왜 보기 싫다는 거죠?" ■

좀 더 어릴 때는 세상이 명확하게 보였다. 분명한 선으로 그린 그림이었고 색깔도 선명했다. 지금은 더 여러 갈래의 길이 보인다. 같은 색깔이 자주 다르게 보인다. 한마디 말이 여러 가지 의미로 해석될 때가 많고, 어제와 오늘의 생각이 더 자주 바뀐다.

요즘 내 생활의 중심은 길고양이들에게 밥을 가져다주는 일이다. 낮에 한 번, 밤에 한 번, 네 마리의 길고양이를 만난다. 캣맘이 되면서 짜릿이 입장에서 한 번, 알토 입장에서 한 번, 호야 입장에서 또 한 번, 심바 입장에서 한 번 더 생각하면서 세상을 네 가지 색으로 보게 되었다. 그러다 가끔 몸과 마음이 지친 날에는 나 자신의 입장에서도 한 번 생각해본다.

소설가가 된 후론 내 입장에서 생각하는 게 어렵다. 헷갈리는 일이 아주 많다. 하지만 그 헷갈림을 사랑한다. 헷갈림 속에 길이 있다는 걸 안다. 헷갈리지 않는 일을, 분명해 보이는 것을 이제는 믿지 않는다. 확신하지 않는다.

소설을 쓰는 삶을 살면서 나는 한 번도 현재에 머무른 적이 없다.

나는 언제나 미래에 있다.

책이 나오기까지 함께해준 많은 이들에게 감사드린다. 출간을 맡아주신 은행나무출판사와 세심하고 다정한 김서해 편집자, 추천사를 써주신 우다영 소설가, 사진을 찍어준 강소영에게 깊은 감사를 전한다. 사진 찍는 소영이를 오래 쳐다볼 수 있어 행복했다. 성격이 그다지 좋지 못한 집사를 넉넉히 이해해주는 먼지, 매번 나를 웃고 울리는 길고양이 짜릿이, 알토, 호야, 심바,

아직도 어린애처럼 나를 챙겨주는 가족들과 언제나 아 낌없는 응원을 보내주는 친구들에게 감사하다.

독자들에게 이 책이 따뜻한 연결의 끈이 되기를, 나 보다 더 자주 우리를 생각하게 되기를 바란다.

2025년 봄

최정화

호르몬 체인지

1판 1쇄 발행 2025년 3월 20일
1판 3쇄 발행 2025년 5월 2일

지은이 · 최정화
펴낸이 · 주연선

(주)은행나무

04035 서울특별시 마포구 양화로11길 54
전화 · 02)3143-0651~3 | 팩스 · 02)3143-0654
신고번호 · 제 1997—000168호(1997. 12. 12)
www.ehbook.co.kr
ehbook@ehbook.co.kr

ISBN 979-11-6737-535-3 (03810)